# 环冰岛记

Lost
in
Iceland

朱宏

著

湖南文艺出版社
HUNAN LITERATURE AND ART PUBLISHING HOUSE

博集天卷
CS-BOOKY

Lost in Iceland

✦ 任何人都会有他隐藏的可取之处，只是你暂时还没有发现而已。

◆ 她也一直情绪高涨，
　我一度以为我们的美好生活就此揭幕，
　我们已经磨合得足够像一对夫妻了。

✦ 生命的意义在于尽情生活，拼命体验，勇往直前、无所畏惧地去
　追求更新、更丰富的人生经历。

环

冰

岛

记

*Lost in Iceland*

*Lost in Iceland*

◆ 我俩像小孩一样弯腰捡了一路松果，遇到更大的，就把之前捡到的稍大的扔掉，直到手上仅剩下一个最大的。

✦ 我觉得我就是抹杀不掉他的吸引力。那个一本正经
　胡说八道的他，就是我一直割舍不掉的他，他给我
　的答案，永远让我猜不到，但是又充满惊喜。

✦ 我居然第一次理解了孤独是什么东西。

孤独就是我站在人群中，却只想划出自己的一块地；

孤独就是很多人可以和你说话，但是你什么都没有听懂；

孤独就是我生活在地球上，但是却存在于一个没有人烟没有网络的角落……

✦ 这个世界就是一个圈，一直往东就会回到西边，
　　一路往南最终也会绕到北边，终点都是起点，循环往复。

✦ 没有能漂亮做完的事情，没有能带到下辈子的财富，也没有真正的目的地。

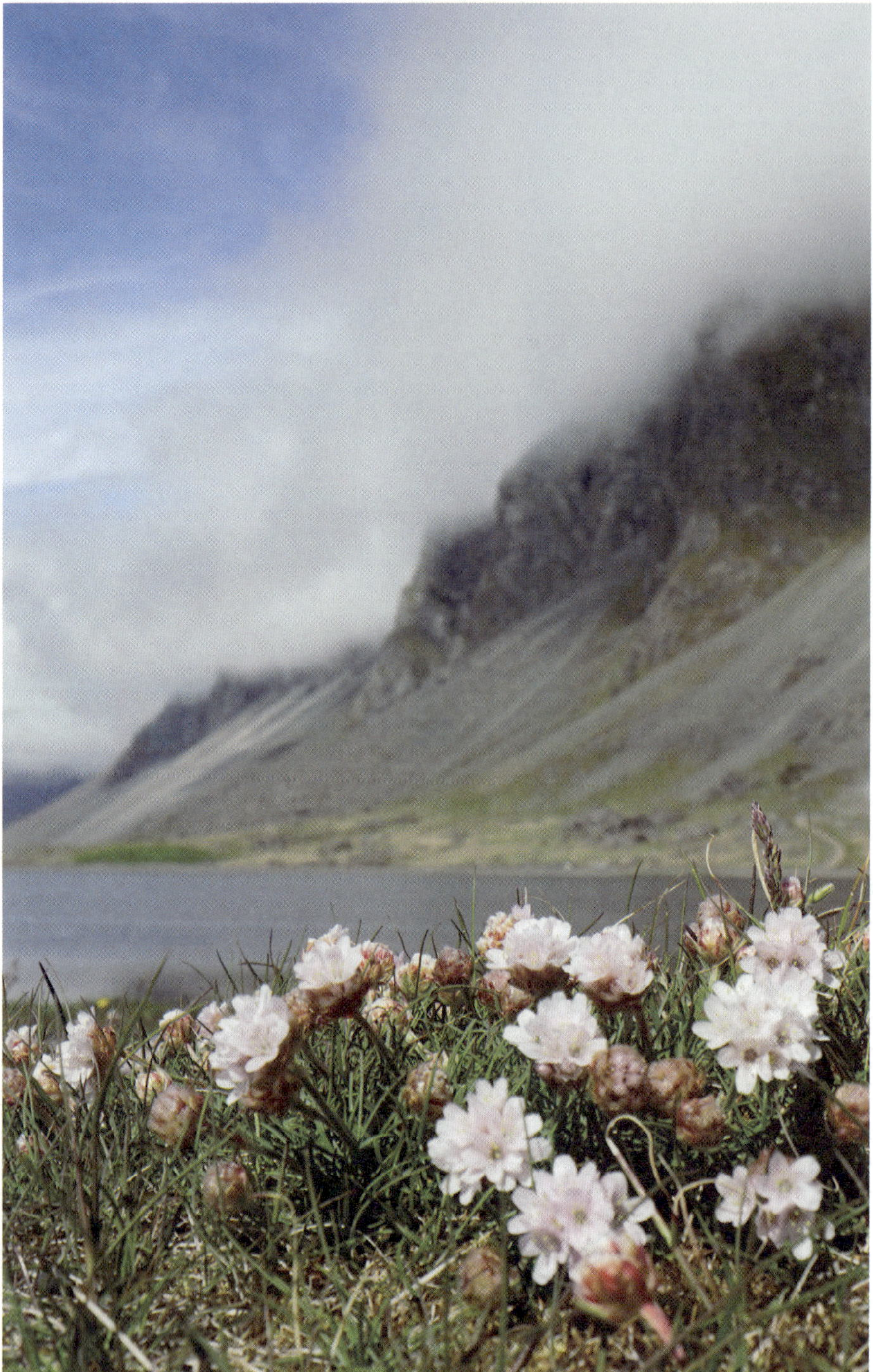

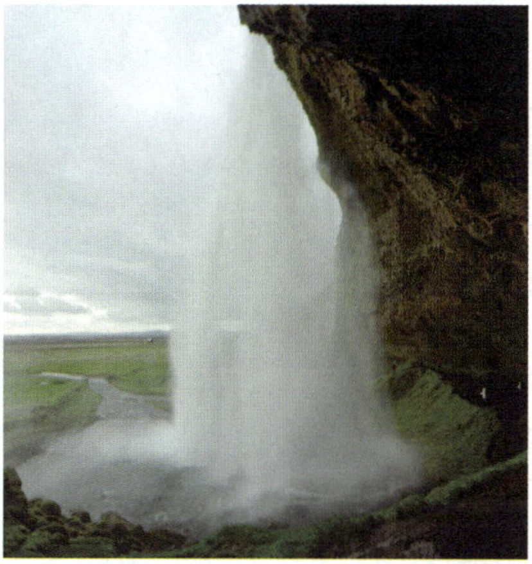

# 冰岛

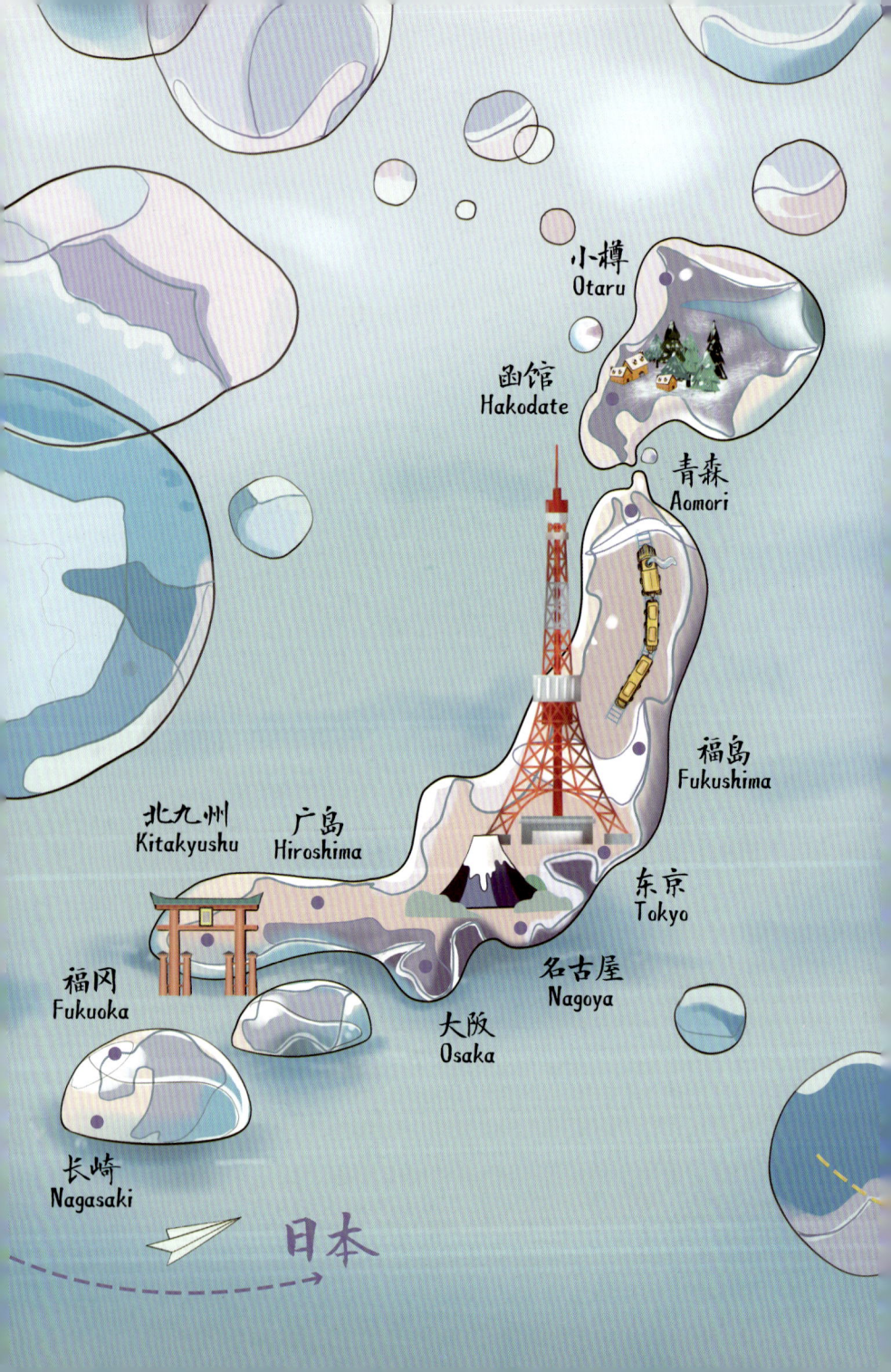

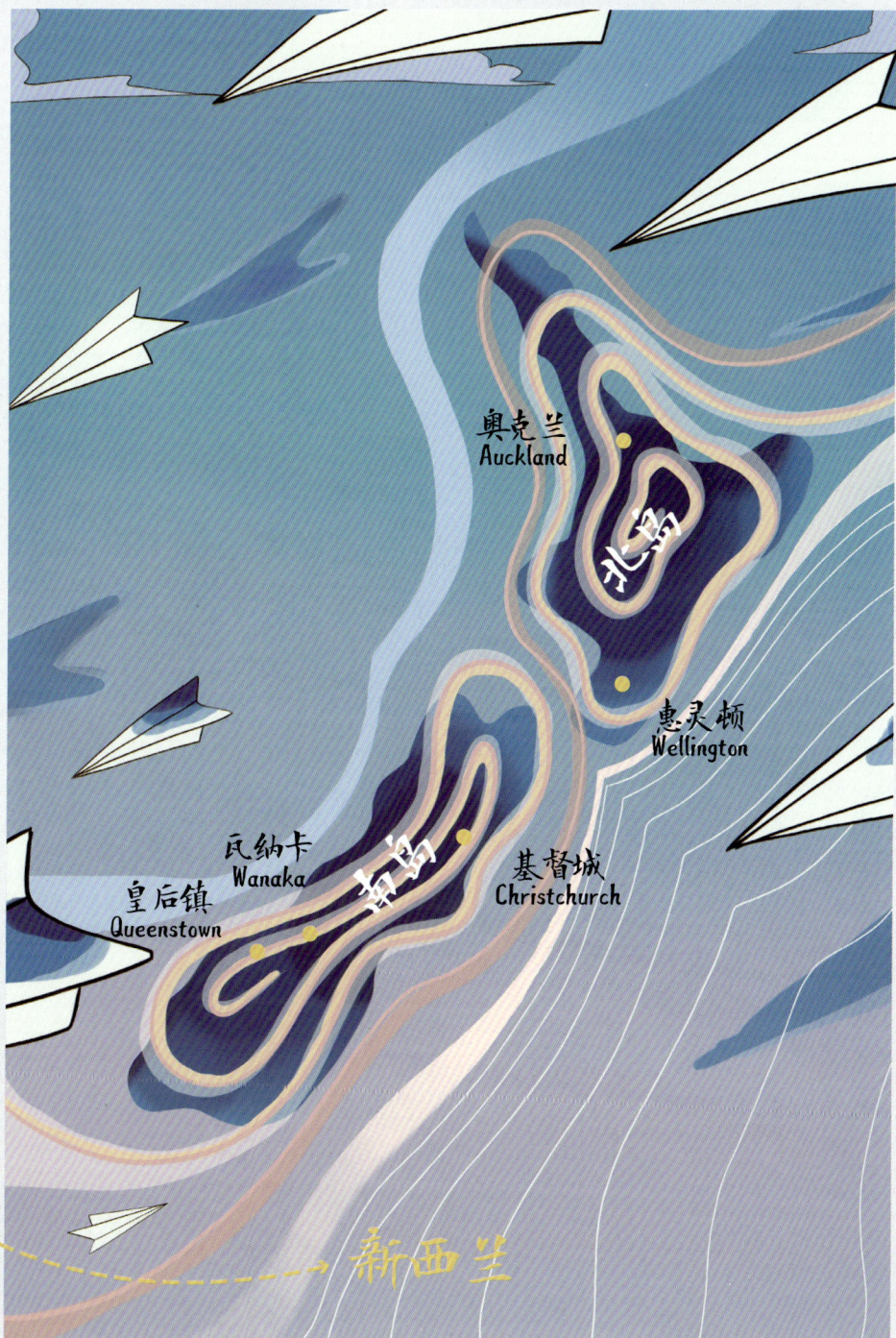

奥克兰
Auckland

北岛

惠灵顿
Wellington

瓦纳卡
Wanaka

基督城
Christchurch

皇后镇
Queenstown

南岛

新西兰

惊梅阿
WeiMea

希洛
Hilo

科纳
Kona

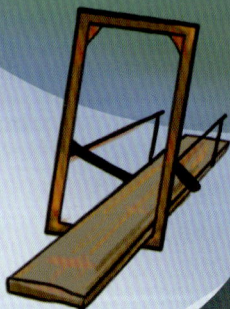

岩浆入海口
Magma Entrance

尼豪岛
Nihau

考艾岛
Kauai

瓦胡岛
Oahu

摩洛凯岛
Molokai

茂宜岛
Mau

拉奈岛
Lanal

大岛
Big Island

珍珠港
Pearl Harbor

火奴鲁鲁
Honolulu

侏罗纪
公园
Jurassic Park

JURASSIC PARK

威基基
Waikiki

钻石头山
Diamond Head Hill

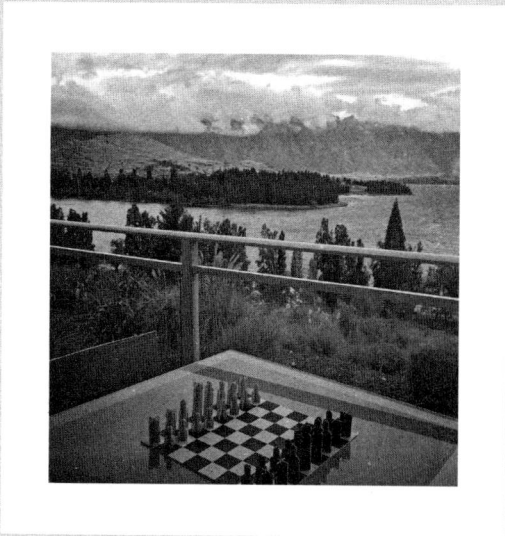

Lost in Iceland

# 1

环冰岛记

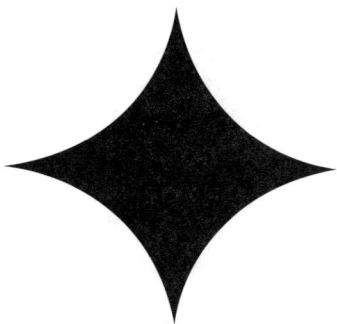

我们就这样，
一直开到海里去吧。

**"** 我们
就这样，
一直开到
海里
去吧。**"**

# 上

"要是就这么一路开下去，该多好。"副驾上的陈念挪动了一下姿势。

"风景是好，但是有点无聊。"我没转头看她，只是专心致志地紧握着方向盘，"还好不光是我们俩，有人做伴才多了点意思。"

六月的冰岛，几乎一直是极昼，太阳仿佛从未落下去过。月初我们从北京飞往香港，待了两天然后到了阿姆斯特丹，再转机来到雷克雅未克。在这儿，我们与上海来的周文栖和田佳佳会合，租了这辆烧柴油的奔驰SUV（运动型多用途车）开上了一号公路。我们计划用八天时间，逆时针方向环冰岛一圈。

左边是山丘和冰川，右边是无垠的蔚蓝大海，一路坦途，视野宽广而辽阔。这种海天一色的景象，中间隔着薄薄的土地和冰原，让我时而恍惚放空，时而莫名紧张，似乎阿姆斯特丹的大麻还没完全从我体内散去。

"要是后座没这两人，"陈念转身对着我，沉默了一会儿，又接着说，"迟北川，我们就这么冲到海里去殉情吧。"

我挺直腰身，从后视镜里看了看坐在后座的夫妇俩，他们正睡得不省人事。

"好啊。晚上到了酒店，他们睡了我们再摸黑开车出来。总不能拉着他们陪葬。"

"摸黑？你看这天，会黑吗？"

## 第一天

这是我们的最后一次旅行，出发前两天我们刚领了新鲜的离婚证，我们在一起已经六年多，却还是走到了这一步。热恋时我们被激情蒙蔽，很多问题感觉不出来，只有真正生活在一起之后，才知道原来有那么多本质上的东西是无法忍受的。比如吃饭的习惯，比如对物理世界的基本认知，小到我们是不是该少看点综艺节目，大到宇宙中到底有没有地外生命——都能让我们吵到无法调解。

沉默大半个小时之后，陈念轻声说道："我知道她的事情了。"

她似乎是想了很多很多天，突然抛出了这句话。我觉得她在去香港的飞机上就想说，但是她咽回去了。我也觉得从香港飞往阿姆斯特丹十五个小时的飞机上，她也几次看了我很久然后说没事，其实就是想说这句。

"我知道你知道。"

"所以其实我们离婚并不是因为感情不和是吗？是因为她吧？"

"就是我们自己的问题，和其他人没有关系。"

"是吗？"

"是。"

"你不要自欺欺人，都已经离婚了，诚实一点也无妨，我也没兴趣深究。"

"我说了不是因为她，况且我和她现在已经没什么了，没联系了。"我声音稍大了一点。看看后座的两人，佳佳已经醒了，她装作认真地看窗外的雪山，陈念不再挑衅，我们也就没有把这话题继续下去。

佳佳开口帮我们打破了僵局："这都傍晚六点了，太阳还在正头顶上呢。"

"真有意思。"陈念转身对佳佳说,"我想冬天再来一次,看看极夜的时候是什么状况。"

我说:"这还刚来呢,就说下次了?"

"反正下次也不是和你来了。"

"你这人说话就是这样,成心不想好好谈下去。"这一刻我感觉非常无趣。

在黄金圈转悠到八点半,我们来到了落脚的酒店。一路上没什么车,但是我们开得并不快,而且一看到瀑布便停车拍照,看到大苔原也停车拍照,有时候看到羊也停车拍照,于是三百公里的路开了六个多小时。还好这里夏天一直阳光灿烂,不论几点。

酒店在斯科加瀑布旁边,很长的一排平房,一点也不豪华,但是和旁边瀑布底下的露营地比起来,已经足够我们好好休息了。瀑布底下的草地上,扎好了帐篷的老外三五成群地喝着酒有说有笑。周文栖告诉我这瀑布是苹果 iMac 的电脑桌面图,我"哦"了一声,这一声"哦"表示我知道了。这位业余摄影师并不罢休,他掏出手机,唰唰几下找到了那张图,他递给我看,确实几乎一样,但是作为一张完美的电脑桌面壁纸,它的修改痕迹很重,旁边的露营地和登山梯道都被无情地涂抹掉了。

我们在酒店的玻璃餐厅随便吃了点东西,周文栖和佳佳换了衣服打算去瀑布下拍照。我提议沿着瀑布边的梯道爬上山顶去看看夕阳。陈念不想去,她要洗澡休息了,说罢就起身回了房间。时间确实不早了。

我一口气跑到半山腰,然后再分两次爬上瀑布顶端,在湍急的水流附近找了块大石头坐下，看着太阳已经擦着天际线想要下去，西边有一抹红霞，但是阳光依旧刺眼，地上的树影仍然清晰，这时已经夜里十一点了。

一架无人机挂着摄像头从瀑布下方直线飞上来，到我跟前停住。我举手打了个招呼，它又转头飞走，盘旋在瀑布口上方。冰岛人口太少，全岛三十多万人，绝大部分生活在首都雷克雅未克，除了首都之外，一共没多少城市，而且在我看来那些不叫城市，充其量就是镇子。游客也不多，所以大家看到活人总会特别热情地打招呼，羊群看到人类也会很热情，大概是因为很久才能见到活物吧。

我坐到十二点动身下山，太阳已经在那头落山，但是天并没有黑。经过露营地时，一个高大的白人和我打招呼，他满脸胡楂，他说他的无人机刚刚拍到我了，我点头，他说那架无人机是中国生产的，很了不起，我说我知道。

## 第二天

我们在黑沙滩上并肩坐着，不，应该是并排坐着，我和陈念中间还隔着至少一米的距离。这一米远的距离，在海浪声的冲击之下，似乎放大了很多倍，我们就像隔着五米、十米。

"你知道吗，刚才在上边的悬崖上，那风吹得我都站不住了。"陈念捡起一块火山石扔向海面，"不过我觉得掉下去也没事，这辈子就这么完了也行。"

"不用这么悲观吧。离婚而已，也不是什么都没了。你还可以有新的生活。"

"就是什么都没了。你可以有新生活，我都不知道我应该干些什么么，什么计划都乱了。"她又扔出一块火山石。

"我打算用一年的时间绕着世界转转。"沙滩上一片漆黑，就像是油轮失事，几百吨的原油被泼在了这里，污染了环境，我一点也不觉得美，"我想去一趟新西兰，然后再去一趟夏威夷什么的，总之就是和海岛干上了。"

"男人啊，倒是想怎么样就怎么样。我都开始掉头发了。"

我不知道该说什么，我的负罪感已经不轻了，不需要再用这些词语来增加压力。

"你看那一对，他们什么时候会离婚呢？"陈念指着我们左前方。

一个身着黑色礼服的欧洲人，看着年纪已经很大了，留着挺精神的短发，金色泛白，满脸的胡楂，正牵着他穿白色长裙的爱人踏过浅水走过沙滩，有说有笑。陈念也不想点好的，就盼着人家离婚。在我看来，这一对这么大年纪了，说不定是各自都经历了离婚才最终能够在一起的，谁知道呢。

离开黑沙滩和碎石柱之后，我们再次驱车上路。路边时常有背包客招手想搭顺风车，可惜我们车里已经有四个人了，行李也已经塞满了后备厢，我只好摇手微笑致歉。

"可惜我们真坐不下了。"周文栖说，"不然应该帮他们一把，外面站着风也挺大的。"

"他们为啥自己没交通工具还出来啊？我可不敢载他们，陌生人多危险。"陈念满脸不乐意。

"很多老外习惯这样，背包游。"我觉得她有点给我丢人，赶紧找补，"你这样想是不对的，出门在外谁都会有不便，不会有什么危险。"

"就算不危险，人家上来多尴尬啊，我也不会说几句英文。反正就是不想陌生人搭车。"

"不就聊聊天气，聊聊你去哪儿我们去哪儿吗，没什么困难的。"周文栖说。

"到时候你都不知道人家要去哪儿，就给带错路了。"陈念说。

田佳佳笑着说："那倒不会，谁手机里都有地图。"

"好了好了，你英文不好不代表我们英文都差劲，反正我们的车也坐不下，别讨论这些没意义的了。"我语气生硬，陈念知道我在指责她。

又开了两个小时，我们终于看到了第一家超市，四个人搜罗了一圈，居然找到了日本的日清杯面。我们人手一杯，撕开调料，冲上店里提供的热水盖好。这是第一次在冰岛吃到亚洲食品，上一顿中餐还是在阿姆斯特丹城里吃到的酸辣土豆丝，现在想起来还是念念不忘。

"还是泡面好吃啊。"等着泡面的这几分钟，我口水都快流出来了。

"你说在一起这些年，你除了为我煮过几次面条，还做过什么能吃的？"陈念咬着塑料叉子说。

"可我只会煮面条啊——也不是，别的菜我也会，但是没你厨艺好，没法吃，你说的。"

"你就是懒，把事情都推到我身上。"陈念又开始挑事了。

"但是碗不都是我抢着洗吗？你吃饭总是弄得到处都是饭粒，到处都是油，餐巾纸撕得到处都是，你都不知道收拾你吃过饭的桌子需要多细心！"

我一口气把怨气都吐了出来，陈念不说话了。我们四个人就这样默默地吃着泡面，好吃不好吃，也只有自己知道。

## 第三天

中午时分我们经过维克，这是冰岛最南部的一个小镇，只有六百多人。维克背朝大海，以羊毛制品著称，路过纪念品店，我们下车采购了一堆乱七八糟的羊毛制品——羊毛衫、羊毛围巾、羊毛帽子和羊毛手套，应有尽有。周文栖和田佳佳买了情侣衫，我和陈念也各买了一件，但款式颜色都不同，算不上情侣衫。我们没有在维克找餐厅，那些食物和我们在超市买的热狗、三明治也没什么区别。继续往前，今天的行程中还有冰川泄湖等着我们。

这一段换周文栖开车，田佳佳坐在副驾，我和陈念在后座，一人看着左边窗外平坦的山坡，一人看着另一边窗外海边的草甸和波光粼粼的海面，一路无语。

"你看看这个图案。"我耐不住，从包里拿出一张纸，出发前我打印了带着的，"这是冰岛维京人的古老图腾，我打算文在左手腕上，就这个位置，你看看。我就在冰岛找个地方文上，正好留个纪念。"

陈念接过图纸，并没有看，她把纸握在手中，望着我。突然她趴在了我腿上。"我不想冬天来了。"

"为什么？"我把手放在她头上，挠着她的头发，"是不是东西太难吃了？今天晚上我们住在赫本，那里有个餐厅的龙虾不错，周文栖已经订了座，我们今天吃点好的，多花点钱。"

"我们就这么一直待在这里吧。"

"好啊。"我看着她那边窗外的天和海，轻轻说。

车里播放着的音乐似乎正好澎湃了起来，盖过了我的话。前两天连续在听虚无缥缈得近乎起飞的比约克，今天好像换了《魔戒》的电影原声。

"停车!"佳佳突然喊道,"就这里就这里!"

周文栖找到小路开下路基,最终找了块能看到土地的地方停下。我们已经到了雪山上,道路两边都是未化的积雪,白茫茫的一片,连着天际,甚是美好。

我在车外呆站了好一会儿,只见田佳佳换好了婚纱走了下来。今天出门前周文栖就换好了礼服,他们早计划好了今天会上雪山,就等着这样的美景拍照了。

一对新人走进积雪中,我作为摄影师紧紧跟随,小心翼翼地移动步伐,一是免得踏空摔跤,二是为了尽量不破坏完整的雪地。我换了几次镜头,给他俩拍了几组各种姿势和角度的照片。我时而高举,时而蹲下,佳佳双肩裸露,多少有点冷,差不多了便赶紧跑回了车上。

"我也想拍照。"原本坐在车上等着的陈念不知道什么时候也已经下来,她走到我身旁,说,"给我也拍几张吧。"

"行,你站雪地里去,把围巾弄一下,帽子摘掉。"我很乐意。

"不是。"陈念看了看车的方向,黑色的奔驰车里,佳佳正在里面换衣服,"我是说,我也要穿婚纱拍。"

那天,我给她拍了很多婚纱照,严格意义上说是穿着婚纱的照片,只有她一个人,单人照。她穿着别人的婚纱,勉强合身,就那样伫立在无尽的白色中,又凄冷又孤独。而我在镜头这边,看着她,心中有说不出的滋味。

我们当年结婚的时候,并没有拍婚纱照,觉得这事特别俗。我的手指冻得僵硬,但并不想停下。

## 第四天

穿过长达六公里的隧道，再次开过头一天经过的雪山，中午时分，我们来到了冰岛最东面的城市，这个城市的名字念起来很拗口，塞济斯菲厄泽。我对冰岛语非常好奇，文字中的字母总组合搭配得非常好看，但若是以英文的拼读方式来念，又总显奇怪，正如这个名字，塞济斯菲厄泽。这里深陷峡湾之中，三面环山，一面向海，周文栖说有很多电影在这里取景，比如《白日梦想家》。他对于这些总是非常清楚，而我隐约记得那部电影讲的似乎是在格陵兰岛发生的事情。他说故事内容确实不是说的冰岛，但是很多场景是在这里拍摄的，说着便要给我找电影剧照。

我们在城市中心最大的餐厅好好吃了一顿烤肉，说是最大的餐厅，其实也就是两家对门开着的餐厅中招牌稍显大一点的那家。烤肉店老板是个胖乎乎的老头，他在我们桌旁坐下，非常热情地开始为我们讲述当时拍电影的逸事。他很风趣，仿佛他就是那些电影的主人公。我想也许他每天都要和就餐的客人说上一遍，自然而然就把故事加工得精彩纷呈了。

饭后我们只花了五分钟就把这个城市转了一圈，看到的行人总共不超过五个，我们再次上山离开。今天我们还得赶去下一个目的地，我们并不打算住在这里。

回到半山腰，车行在蜿蜒的山路往下看，整个城市渐渐消失在浓浓的云雾中。中午过来的路上还能一览城市全貌，而现在临近晚餐时间，雾气逐渐聚拢，整个城市就像泡在一大锅煮好的浓汤里。我们停下车，站在一块巨石上向下望，这般无法言喻的神奇景象实在让人感慨，难怪欧洲人也曾经把冰岛称作雾岛，哪个名字似乎都没有错。

我走上前抓住陈念的手，不然她一定会不小心掉进那深不见底的迷雾中去。她犹豫了一下挣脱了。

## 第五天

一下车，我们就听到轰鸣的水流声，石子路很难走，我们顺着声音走了很长一段路，终于走近了代蒂瀑布。这四十四米的落差让人叹为观止，离它还有百米之远，我的头发、眼镜、外套和相机都已经被溅起的水雾润湿了。

"《普罗米修斯》的开头，就是在这儿拍的。"周文栖朝我们大喊，瀑布水声太大，他的口型很夸张，我勉强能听明白。

"果然一模一样，真的是《普罗米修斯》的片头。"陈念戴起了帽子，转头对我说。

她额前的刘海被水打湿了，我伸手帮她捋了捋，手上留下几根断发。她最近掉头发确实很严重，洗手间地上更是落得一片一片的。

"我觉得你迟早有一天得秃了。"我开玩笑说。

"我以前不掉头发的。"陈念捂了捂帽子，继续往前走，"还不是因为你。"

"又是因为我。"

"你不要我了，秃了就秃了算了。"她的声音很大，只有这样我们才能彼此听到。

听出她话里的不悦，我便尽量找补："其实女生剃个光头也挺好看的，特别酷，范晓萱以前就剃过光头。"

"去死吧你，我接受不了。难看死了。"

"不难看，不难看。"

我们走过了瀑布，周文栖和田佳佳停在游人聚集地找合适的机会拍照，陈念在瀑布顶端最贴近水边的地方挑了块大石头坐下，半人高的石头立在身旁，挡住了拍照的人群，也挡住了一些瀑布的声响。这一刻，欧洲最高的瀑布被我们包场了。在这个角度，我们看不到任何人，任何人也看不到我们。

我玩了一会儿水，然后在她对面坐下，我问她："你后悔曾经嫁给我吗？"

她刚想开口，又沉默了，很久之后回答了几个字："不后悔。"

"会不会觉得我耽误了你的幸福？"

"昨天我看到一句话，你也看看。"她打开手机，找给我看，"There is no way to happiness. Happiness is the way. 你怎么理解这句话？"

"怎么样都是找不到幸福的，但只要你还在努力寻找，这就是幸福。"老实说我觉得这种无病呻吟的明信片文案实在是很傻很天真，但是看她那么认真的模样，我还是尽力给她往最好的方向去翻译了。

"解读得真好。"陈念说，"我能理解，但就是说不出来。"


## 第六天

环岛半圈下来，我们已经把冰岛的神奇地貌都看腻了，在瓦特纳冰川国家公园连续奔驰了两天，我们都没怎么下车观景，只顾着往前赶路。我开一个小时，换周文栖开一个小时，然后再换我。田佳佳也想开车，我们没同意。陈念一直心不在焉，我也就没让她开车。从东往北，慢慢已经看不到冰川的影子，这里是无尽的峡湾和苔原草甸，偶尔会路过一些雪山。山涧中永远流淌着融雪，让我们每几分钟都能看到不同的瀑布。自从那天我们在代蒂瀑布沾湿了身之后，这里的瀑布已经再没有停留的必要了。

我们来到了阿克雷里，临近半夜。

阿克雷里是冰岛大陆最北端的城市，也是冰岛第二大城市，这天是 6 月 22 日，太阳真的不会落下去。

姑娘们在厨房里准备晚餐，或者说，准备夜宵。我和周文栖出门拍照，我们都不饿，阳光照着，我们斗志满满。他去了海湾边，我则跟着阳光往高处跑，来到了山腰上的教堂。

午夜阳光洒在我身上，零点整，我举起相机想拍些什么。太阳并没有贴近海平面，我有些恍惚。除了零星的游客，整个城已经进入了睡眠。教堂门口有一对老夫妇安详地坐在长椅上，老头握着老伴的手放在腿上，老太婆似乎依偎在爱人的肩上已经睡去，他们就这样沐浴着夏天最长的日光，度过这每年唯一的特殊日子。

我在他们旁边的长椅轻轻坐下，生怕打扰到他们，老头向我点点头，我报以微笑。为表尊重，我放下手中的相机，打消了原本想给他们拍照的念头。这样简单的幸福是不是也很好？七八十岁之后，有人在你身边，也不再需要沟通，吵吵闹闹又是一年。没有人再担心收入和房价，也没有人关心升迁和斗争，更没有人有精力去琢磨新的恋情，一辈子浑浑噩噩也就接近终点，该体验的体验过了，没得到的也没有机会了，安身立命，就这样平静地呼吸着纯净的空气跨过零点。

等我到了这样的年纪，我也愿意在阿克雷里这样的地方住下去，有山坡草甸，有峡湾河流，有教堂，有商业街……但是谁会在我旁边陪着我呢？最好有人陪着我，靠在我肩膀上，就像旁边这对老人，每天看夕阳，直到有一天太阳不落下去，我们就知道，自己又多活过了一年。

我们所苦苦寻找的幸福到底又是什么呢？我们在复杂多变的世界里一路同行，一个在前奔跑，一个在后追赶，前面的永远有着满足不了的欲望，永远看到更新更快的世界，而后面那个人如果赶不上，就一直被扔在身后，不懂他所追赶的对象到底在寻找什么。社会变革的洪流让我们原本细微的差距变得越来越大，数年后我们什么都有了，再回头看看身边那人，竟然早已经找不回当年喜欢她的原因。我们都在变，但遗憾的是没有同步地往一个方向变，我们变成了不再能互相兼容的模样，变成了不再能互相容忍的模样。我们就这样一直陪伴在彼此身边，但又一次次擦肩而过。

## 第七天

醒来已是中午时分，我们在厨房热了半夜剩下的米饭和菜，吃饱喝足后上街闲逛。我们居然在这里找到了一家中餐馆，这家叫作"Pengs"的店是我在冰岛见到的唯一一家中餐馆，估摸着老板应该姓彭吧。餐馆门口挂着繁体字菜单，从菜名上判断，大体接近粤菜，老板可能是香港人，也可能是早年逃难的广东人，总之这可逃得够远的。接下来我们在热闹的商业街上看了看衣服和纪念品，零散买了些钥匙扣和明信片，最后我们和周文栖、田佳佳终于走散，我和陈念便找了个自带书店的咖啡馆，我在成堆的冰岛语新书中找到了英文版的《失乐园》，然后我们各自占领一个角落，开始写明信片。

我绞尽脑汁写好了两张，尽量不矫情：一张给我高中的老友，他有收集明信片的习惯，我到哪儿他都让我寄一张足够有特色的给他，不写字都行；另一张我写给了我的老板，离开北京前我刚刚提交了辞呈，我不想再继续朝九晚五地上班了。他也表示理解，并且他立即帮我联系好了几份兼职顾问的工作，让我不至于没有收入来源。

拿着写好的明信片，我走到陈念的桌前，她似乎写了五张以上，并且还在继续写下一张。

"你要写这么多？"

"不要你管，你别看！"见我过来，她变得很慌张，赶紧用双手盖住桌上的明信片。

"你小心，别抹掉字了。"我一边转头走开一边说，"我不是要偷看，是打算帮你贴邮票。快写完，我一起给你塞邮筒里去。"

"你去塞你自己的，我的我自己去放，你走开你走开。"

她那样子还蛮可爱的，她真像个孩子，生怕别人抢走她的东西。她是不是以为自己的男人已经被别人抢走了，只是此刻还暂时寄存在她身边而已？

## 第八天

经过最后一段穷极无聊的路途，离开冰川峡谷河国家公园，爬了一座堆满火山石、散发着硫黄味的活火山，穿过唯一一条收费的海底隧道，我们即将回到雷克雅未克。眼看胜利在望，周文栖开着车睡着了，我们在混乱中冲上了碎火山石堆。

法赫萨湾一直飘着绵绵细雨，我们下车查看，算是有惊无险，人和车都没有什么事。周文栖被田佳佳训斥了一番后，方向盘回到我手中。就这样我们完成了冰岛自驾一圈，用时八天。

八天前到冰岛时我们在雷克雅未克直接取了车就走了，还没能好好看看首都，回程我们打算在这里住上两天，没什么具体的安排，悠闲地逛一逛看一看，奔波了一个礼拜，也该好好休整一下了。

逛街，买纪念品，回房整理行李箱，大半天就这么过去了。周文栖他们回来了一会儿又出门去找吃的，陈念说想睡一会儿，我便独自下了楼。我转过七八个街口，找到了商业街背面的文身店，这是我在Facebook（脸书）上找到的冰岛最著名的一家文身店——当然，这个城市一共只有两家文身店。

店主人叫哈尔，像极了毒瘾发作的瘾君子，他高高瘦瘦，留着莫西干头，穿着黑色的无袖衫，戴着唇环鼻环，眼睛有我的三倍大，和他对视会感到一股逼人杀气。

"噢，我的兄弟，你这个图并不复杂，一个小时就够了。"他看了看我递给他的图纸，并问我要文在什么部位。我还没来得及回答，他接着说："但是你看，还有十分钟就闭店了。"

我看了看墙上的钟，我没打算一定要马上文。"我预约明天下午可以吗？我明天晚上的航班离开冰岛，所以只有这一天的时间了。"

"明天下午？"他想了一两秒钟，"真是不走运，明天我全天都预约满了，你知道，现在是夏天，要很早就开始预约的。如果你能多待一礼拜，一礼拜后也许我有时间。"说完他走回他的工作间，看他的助理给最后一位客人敷药包扎。

既然注定文不了，我想，要不明天我就和周文栖一块儿去蓝湖温泉吧，温泉就在机场旁不远，泡完了温泉就直接奔机场，非常顺路。我慢悠悠回到房间，把那张文身图案随手搁在了床头柜上。

## 第九天

我起了个大早，穿戴整齐出门跑步，虽然城里还下着小雨，但是窗外的路人并没有打伞。陈念还窝在奶白色的被子里，我轻声开门，怕吵醒了她。

"再见。"关门之前，她突然说了这么一句。

我往屋里看去，她还躺着背对着门口，没有动过。

雨越下越大，我跑到了城市的北面沿海，顺着海边的步道往西，前方是比较高的建筑群，似乎是体育馆或者文化中心一类的地方，看着特别像是烂尾楼。冰岛早已经破产，首都有几座豪华烂尾楼并不奇怪。毛毛雨变成了中雨，我戴上冲锋衣的帽子，雨水还是打湿了头发，顺着前额从脸上流下。沿途并没有任何地方可以躲雨，我在没有一辆车的十字路口等了一会儿红灯，然后跑进了商业街，沿着平缓的山坡往上跑，地上有点湿滑，我有点累了。我在第一家餐馆门前停下，推门进去，正在吃早餐的人们都转头看着我——一只外国落汤鸡。

店员招呼我坐下，皮沙发皮椅子，看来湿身进来也完全没有关系。我不想再拿手机翻译那些菜名，看着冰岛语的菜单随意点了一份早餐——煎蛋和培根，我吃了一半，然后要了个盒子把剩下的打包。我起身时，皮沙发上已经流了一片水。

"So that's for lunch or for your girl?（你这是打算当作午餐吃呢，还是带回去给你的女朋友？）"结账的女店员又高又壮，并没有关心我淋湿了会不会生病。

"For my wife, thanks.（给我妻子的，谢谢。）"我顺口回答道。

听到自己脱口而出的句子，我惊呆了。我们为什么一定要分开呢？

她还可以是我的妻子，她已经是我的妻子七年了，这是个不可改变的事实。虽然我们已经拿了离婚证，虽然这些天我们对视沉默的时间更多，但是我们依然一道同行，住一个房间，睡一张床。虽然我们两个人中间还能再睡下一人，但是毕竟能听见对方的呼吸声。

我想再和她谈谈，当时是她提出离婚在先，我马上答应了，没有纠结——似乎我已经等这个结果等了很久。我现在只想赶紧回房，叫她起床，我要抱着她告诉她这个奇迹：你看，我们还在一起！

"起来吃早餐，还热着呢。我得赶紧把衣服换了。"我推门进房，但是房里并没有人。床头有一张纸，纸上写了几个字。我一把抓起它，房间里只有我身上的水滴落在地板上的声音。

"我先走了，也许去欧洲转一圈，也许直接回国，你不要找我，再见。"

我捏着那张薄薄的纸，看着窗外良久，说了一个"好"字。那张纸的背后，是那幅冰岛维京人的图腾。

我使劲敲周文栖的房门，听到我慌慌张张的，他们连忙整理衣装出来。我没能组织好语言，前情提要实在太复杂了，总之我前言不搭后语地给他们说明白了。田佳佳马上查了一下航班时间，告诉我现在应该来不及赶去机场了。我也没有表示想去机场，真的，那些电影桥段中经常会有一个男人飞奔去机场拦截将要失去的爱人，这其实没那么浪漫。我们是真的需要分开想想，我们之间需要空间，也需要时间，我们已经不再是夫妻，只是在半年前就已经定好了环游冰岛的行程，所以我们才在离婚之后还继续来完成它。现在这个任务已经完成了，我们就该老死不相往来了。

我买了门票，登上雷克雅未克最高处的哈尔格林姆斯教堂楼顶，我看着这个小小的城市，它竟然是个首都，那些红红绿绿的屋顶就那么几百个，脚下街道上的行人更是数得清，阴森森的乌云压在头上，雨水细小如沫，一直没停，这个世界是那么平静。我能看到远处的机场，但是很久很久都没有航班起飞。

当然，那根本不是我们降落时的国际机场，凯夫拉维克国际机场还挺远的，在这里不可能看到。

中午退房之后，我们三人出发去蓝湖温泉，一路上气氛都比较尴尬。田佳佳试图和我聊聊陈念的事情，我无心和他们解释前因后果，便不多吭声，于是话题又只能转回到冰岛的天气和风景，然后是更长时间的沉默。

在蓝湖温泉的入口排了一会儿队，我领到了毛巾，进入更衣区。在一个转角，我和人撞了个满怀，差点坐在了地上。

"嘿！小心！哇，我看到谁了，我的中国兄弟！"一个腰间系着浴巾的老外站在我跟前，他也许刚从湖中上来，身上还冒着蒸汽，大片的文身从他腰部蔓延到脖子根，他顶着棕色的莫西干头，眼珠都快蹦出来了，十足的一个瘾君子。

是哈尔，这家伙。

"嘿，哈尔。"我略带得意的表情，表示我拆穿了他的谎言，"你告诉我你今天都预约满了，怎么你却在这里？"

"是的，确实都预约满了，上午有客人预约了文身，而下午我预约了温泉。这可是需要提前一个月就在网上预约的，不然就得走到门口排长队啦！要知道，现在是夏天！"哈尔兴致很高，拍着我的肩膀，乐不可支。

面对这奇怪的人，我能说什么呢？"那好吧，你玩得开心。"

"我已经结束了，你好好享受。我得赶紧走了，我很忙的！再见！"

我换上泳裤，走下长廊来到室外。踏过乳白色的泥地，在黑色火山石环绕的淡蓝色温泉池里泡着，透过薄薄的雾气仰望着北极圈冷色调的天空，喝了两杯说不出成分的饮料或者是酒，看着男男女女裹着布条有说有笑，我见到了一个礼拜多以来最多的人，说了一个礼拜多以来最少的话。

温泉离凯夫拉维克国际机场很近，晚上九点不到，我们已经在机场还了车，并结清了油费，还顺便吃了点东西。我和周文栖他们都将在半夜时分离开冰岛，他们俩飞往阿姆斯特丹，然后转机回上海，我之前订的票是先去巴塞罗那，然后去罗马，一礼拜后再回北京。

在登机口告别了两位旅伴之后，我独自登上了前往巴塞罗那的飞机。我把背包放上行李架，转头便看到两只大眼睛瞪着我——还有那棕色的莫西干头，他的表情一秒钟从严肃变成大笑。

"嘿！你！哈尔！"我几乎是喊了出来，中式英语都冒出来了，"How old are you！（怎么老是你！）"

"嘿！兄弟，你去哪儿？我们又见面了！"

"我去巴塞罗那，先到西班牙，然后在欧洲转一圈再回中国。"我说。

"我也去巴塞罗那，然后我转机去米兰，我去看米兰世博会，你知道米兰世博会吧？"哈尔试图和我解释世博会，但是他似乎自己也不太明白世博会到底是什么东西，"四天后我就回雷克雅未克，我说过，你如果多待一礼拜，就可以约到我！"

"我也许也去米兰，也去看看世博会。不过我先在巴塞罗那停留两天，看看建筑。"

"那么也许我们还会见到。我在米兰等你，我的中国兄弟！"他一边说一边继续往前走，他的座位在后舱。

"一定会再见的。"我笑着挥挥手，"你在冰岛等我吧，我还会来的。"

66 我知道
你希望看到
更好的我，
我也希望看到
更好的自己。
而我
也一样想看到
更好的你。99

## 🔷 下

回到北京，我更新了签证，卖了车，把房子租了出去，八月就过完了。

工作交接完之后，我彻底变成了自由人。我简单地收拾了行李，去日本住了两个月，从福冈、长崎一路往东到广岛、名古屋、东京，然后往北直飞函馆，在北海道从南向北一路过去，直到第一片雪花飘落。去过冰岛之后，传说中的北海道绝美风景在我眼中也就仅此而已。

我回到老家，和父母亲一起过了年，然后直奔新西兰。从北岛到南岛，从基督城一路自驾往南到皇后镇，继续感受着夏天。一个人的旅程纵然孤单，但是能让我冷静地思考，思考我到底是一个什么样的人，我应该过一种什么样的生活。复杂的社会会滋生太多的利诱，我已经在浮躁中迷失了太多年，如今这样少一些交际，少一些收入来源，少一些多姿多彩的故事发生，也不见得是件坏事。微博和微信对我而言已经变得没有意义，我成天不给手机充电，只需要抱着一本书找个山坡就能过完一天。

成功拿到申根五年签证后，我再次踏上旅程，我又买了机票，经赫尔辛基转机来了冰岛。我打算在冰岛住下，现在日照时间已趋于正常，早上天亮，夜晚天黑。我一个人开车又环了冰岛一次，一圈路程不到两千公里。在中国我曾一天开过这么远，而在这里我更喜欢分作五天以上走走停停。冰岛是个比新西兰更无聊的地方，这让我变得平静而又沉默，我的生活节奏也变得更慢。带来的书很快就看完了，冰岛的文字还是看不懂，虽然买到了英文版的《失乐园》，但是很难看下去。除了开车，除了以时速四十公里慢慢开车，我不知道能有什么事情干。一直往前开，开到维克，开到杰古沙龙冰河湖，开过六公里长的隧道，开到塞济斯菲厄泽，开过瓦特纳冰原，开过峡湾，开上火山，开到北部，开过碎石子路，开过唯一收费的隧道，回到只有房子没有人的雷克雅未克。

一路没有惊喜，我去哈尔的店里坐了坐，最终还是没有文身。我在哈尔格林姆斯教堂发了两天呆，跟着唱诗班哼哼了半天，又继续开车往东，开始下一趟环岛。我就这么一圈圈绕着它转，在寒冷的空气中和越来越灰的世界里寻找存活的意义。

我沿路拉了几十个背包客，他们来自世界各地，唯独没有中国人，他们也从没有被中国人载过。在北欧的这样一个小岛上，一个亚洲人成了白人的向导，真是一件挺有趣的事情。我也拉一对又一对中国游客开过雪山，在冰天雪地中给他们拍婚纱照，赚点油费。我让他们请我吃饭，给我讲国内又发生了些什么。我在阿克雷里住了一个月，这时节已经不适合出海观鲸鱼，我每天吃饱了坐在山顶等极光，一个人看着那些蓝色绿色的绚烂光芒，一个人回到暖和的房间里躺下睡着。我租了一艘破船，把握正午的光线一个人开进北极圈，没有大风大浪，也无风雨也无晴，也不知道到底有没有到那个圈，我也不会用船上那些打鱼的物件，最后自然落得空手而归。我买了攀冰的装备，一个人深入冰川去探索未知的冰洞，我已经能够踏着松散的碎石和黑沙一口气跑上格拉布洛克火山口，在大瀑布溅起的水雾中淋湿全身，在盖歇尔间歇泉的硫黄味中看游客们欢呼雀跃。我的相机早已被束之高阁，拍照对我来说没有了意义，没有什么值得记录，也没有谁需要分享。

一天、一礼拜、一个月，时间过得越来越快，白天越来越短，最后干脆没有了白天，然后曙光来临，万圣节、圣诞节，然后是新年，一年又重新开始了。

我和维克羊毛加工厂的老头成了朋友，我们把 made in Iceland（冰岛制造）的羊毛衫卖到中国。老头从没出过国，几单生意做下来他很高兴，打算趁着我将来回北京的机会带着老伴去中国见见世面，我满口答应，但是过了几天就忘在脑后了。

北京的房客自己买了房子，打算退租。搬走前他头一次看了看家门口的信箱，里面塞满了广告，但也有一些寄给我的信，他说我应该自己看看。我让他拍照发给我，但是他执意要了我的地址，给我打包寄了过来。6月17日，冰岛国庆日，我撕开那个大大的信封，那些明信片就散落在我房间的地板上，图上是阿克雷里的午夜阳光、大瀑布和 puffin（海鹦）。陈念在阳光下埋头苦写的模样瞬间浮现在眼前，原来两年前那些明信片都是寄给我的。

"我认为我已经原谅了你，但我需要时间去消化这一切。和你在一起的前几年是我这辈子最快乐的时光，而这半年来也是我最痛苦的时光，我必须离开你，才能找回我自己。"

"你知道吗，你真的需要改改，你的交际和刻意外向会给我们带来很多麻烦，也许是你这些年的工作性质给你造成了这样的影响。我也需要改变，我要试着让自己更开放地面对其他人。我知道你希望看到更好的我，我也希望看到更好的自己。而我也一样想看到更好的你。"

"那天在大瀑布边坐着，整个世界好像只有我们两个人，我才知道，我还是爱你的。"

"也许哪天我们还会再见到，在明信片背面这样的阳光下。太阳在零点也不会落下，让我知道生命原来可以这么奇妙。"

那张明信片上是 6 月 22 日那天我登上的阿克雷里教堂，下面印着一行小字：The purpose of life is to live it, to taste experience to the utmost, to reach out eagerly and without fear for newer and richer experience.（生命的意义在于尽情生活，拼命体验，勇往直前、无所畏惧地去追求更新、更丰富的人生经历。）

已经七百多天过去了。

我在最近看完的一堆书中找到那张图——她最后留给我那几个字的纸。在雷克雅未克的商业街再度热闹起来时，我走进了那家文身店。

"嘿，你好吗，我的中国兄弟！我们又见面了！"哈尔端坐在工作椅上，他正在给顾客手臂上抹凡士林。他抬头和我打了个招呼，便把后续工作交给身边的小弟去打理。

"不太坏。你看起来老了。"我开着玩笑，把图纸拿了出来。

"又一个夏天了，我们都老了兄弟，我认识你刚好两年了。让我看看你的图案，我马上给你做，我让预约的客人都回家，这是你的时间！"他打开我递过去的图纸，惊喜地说，"噢，又是这个图，我两天前刚做了一个，差不多一样，为一个女孩！"

"中国女孩？"我很敏感地问道。

"也许吧，你知道的，对我来说你们都长得一样，日本、韩国、中国，还有马来西亚、新加坡……"

我想问他更多细节，他没让我打断他。

"不不不，好像是个白人姑娘。"哈尔仔细看着图，给我泼了冷水，"这是我们本地的图案，偶尔有外国客人喜欢文在身上，这些年我也文过几个了。"

我从哈尔嘴里没能得到更多消息，他专心工作的时候不太和顾客聊天，除了聊聊从哪儿来，来几天，计划怎么玩，等等，便没有更多共同话题了。我从他手中抢过那张纸，冲出文身店，在常去的租车店随便要了一辆车开出了城，还是一辆奔驰SUV，那车牌像极了当年我们第一次环冰岛时那辆的。

这一切可能都是我的错觉，但不管是不是她，我愿意为了这个可能性再环岛一圈。

## 第一天

四十公里，六十公里，一百公里，我第一次在冰岛把车速提到了一百四，超越了道路上所有的车。不用担心警察，我从来没见过冰岛警察。

哈尔说她会开车环岛一周，去寻找一些东西。我想她应该是沿着与那年相同的路线前进——如果她是陈念的话。

但是如果弄错了呢？很有可能是我想得太多了，或者说，如果她并不是一个人来的呢？

我在晚饭时间来到斯科加瀑布下的酒店，拿着照片问店员有没有见过陈念，他们都表示没有印象。这段时间中国游客不少，但是他们希望我理解，他们不能泄露客人的信息。

负责打扫餐厅的服务生路过时看了看照片，说："昨天有个中国女孩一个人爬到瀑布顶上坐了很久。但不确定是不是她，她穿得很多，没法识别。有露营的游客在玩无人机，也许录到她了，不过现在大家好像都离开了。"

真的是她吗？

## 第二天

我把一对搭便车的美国男人送到黑沙滩，顺便在沙滩上坐了一会儿，继续往前赶路。回头看到那两个男人正牵着手走在沙滩上。

在黑沙滩的美国海军飞机遗骸处，我载上一位强壮的女士，她的背包很大，把后备厢占了一半。她不住酒店，生活用品都在背上。她要去维克，我推荐她买点羊毛衣服，她说可能她不能再带上更多行李了。

她突然想到了什么，扭头对我说："你是中国人？你知道吗，昨天我来黑沙滩也是坐的中国人的车，是个女孩。"

"真的？中国人一般不太习惯载陌生人。"我专心开着车，速度比较慢，有其他人在车上，我得遵守交通规则。

"是的，她说她第一次开车载背包客，她很喜欢这种体验。车上还有一位男士，在后座睡觉，也许也是她载的路人。"

"所以她的英文一定很不错吧？"

"我认为很不错，我们交流没有障碍。她说她用了一年时间艰苦学习，学单词，练口语、听力。她说她丈夫因为她英文不好就和她离婚了，所以她要证明她的英文也可以很好。我说这样的男人就让他去死吧！哈哈！"她绘声绘色地运用着她的肢体语言。

我狠狠一脚踩下刹车，车胎发出的巨大摩擦声把正慢悠悠横穿马路的三只绵羊吓得狂奔。这位女士明显也受到了惊吓，赶紧坐正摸了摸安全带。

我起初没想到会是陈念。在这陌生的国度，开着车，载着陌生人，并且还相谈甚欢。在北京时她都不太开车出门，也不爱和人说话，更何况是和老外。

## 第三天

既然经过维克，我当然去拜访了一下羊毛加工厂的老头，我期望他能带给我一些陈念的消息。可惜他说他没有看到独身的姑娘来过，倒是有很多中国人结伴来买羊毛制品。听他们说中国也有卖的，就是太贵了，所以来冰岛一定要带几件回去。他又问我什么时候带他们俩去北京玩，我说很快了，就在今年。

老头拿着我的手机给他的员工们都看了一眼，有个小伙子告诉我："有个女生很像照片上的人。她和男朋友一起，牵着手，很幸福。黑黑的长发，眼睛很像，很漂亮。"

我没有在维克停留，也没有去各个酒店打探陈念的消息，如果她和其他人同行，也许酒店不是用她的名字预订的，我也不需要浪费时间去查了。我确定她一定在前方的路上，她比我早一天或者两天，我一定会在某个点上找到她。

我开到杰古沙龙冰河湖，在停车场等了一个多小时，确定进进出出的人我都看过了一遍，然后继续往前。

## 第四天

翻过雪山，我在中途停留了数次。一次是看到有一对夫妇在架三脚架自拍婚纱照，于是我停车帮他们拍了一会儿；一次是看到有一男一女在积雪比较薄的半山腰上坐着聊天休息，我便佯装游客走到附近，直到看清楚他们的脸——不是中国人，像是日本人；再一次是下车帮人推车，一辆奔驰 SUV 开下了路基去闯雪地，结果前轮陷进积雪下隐藏的水坑，开车的是一个中国小伙子。我们车上都没有牵引绳，所以只能大家齐心协力把车推出来。

下了雪山，我放速从山坡上冲下来，眼前就是最东部的城市塞济斯菲厄泽。我来到前年来过的那家烤肉店，善谈的老板好像从没见过我一般，又和我从头说起当年拍电影的事情，我问他是不是见过陈念。

他看着我手机里的照片说："噢，是她，她昨天在我这儿吃饭。不过我每天见很多客人，我哪儿记得住那么多人呢，是吧？也许是她，漂亮的女孩。"

你每天能见多少客人？你一年见的人都没有我在北京一天见的人多。

我问他："那你能告诉我她昨天是一个人吃饭还是两个人吗？"

"不是一个人，也不是两个人。昨天有很多中国人，大家把这里坐满了。现在来的中国人越来越多了，他们都看了那部电影！你们确实都很喜欢冰岛。"

说了就像没说。我开车离开，来到山脚下，浓浓的白雾已经把这个城市封锁了，安全起见，我掉头回到城里，明天继续前进。

## 第五天

经过博尔加峡湾的一段路我没办法开得特别快，一路上都是弯道，这并不困难，困难的是躲闪随处穿过公路的羊。半路上我纠结了一会儿要不要去代蒂瀑布和移动迷宫般的石墙看看，最终放弃了。我有直觉，我知道她在哪儿，我直奔阿克雷里。

来到阿克雷里时已经八点，我直奔那家叫"Pengs"的中餐馆，为了这顿中餐，我中午忍着没吃饭，就在车上吃了几块饼干。

随便点了一个炒肉和一个青菜后，我从口袋里摸出那张文身图纸端详。从雷克雅未克出发以来我一直把它放在衣服口袋里，几天下来都快被揉坏了，我把它铺平在桌上放着。

"咦，我认识这幅图案。"上菜的服务生惊喜地说。

"你在哪儿看到的？"我有点激动了。

"就在晚餐的时候，有个客人手腕上文的这个冰岛图腾，一样的。是个女生。"

"是个中国女生吧？"我拿出手机，找到陈念的照片给他看，俨然一个寻找失踪儿童的家长，"你看看是不是长这样子？"

"差不多吧，应该是，她单身一人。但是她一直戴着帽子，看不出发型，看不到发型就不好确定是不是了。"

"那她走了之后，桌上、椅子上有没有掉一些头发？你打扫的时候应该能看到吧？"

"没有，那位客人很讲卫生，桌上干干净净完全没有弄脏，用过的餐巾纸都叠得很整齐。我就简单收了碗筷，很轻松。这样的客人最省心了。"

## 第六天

她一定就在阿克雷里，一定在某个角落，也许在酒店休息，也许在书店买明信片。

我在海湾边走了一圈，在商业街上每个书店、纪念品店仔细看了一圈，在她去年写明信片的桌子旁坐了一下午，看着窗外出来晒太阳的人们来来往往，熙熙攘攘，又渐渐稀稀拉拉。时间似乎就定格在那个窗口，阳光也定格在那个窗口。

我买了一张明信片，想了很久不知道写什么，当然我也不知道该寄到哪儿去，最后写下这么一句话："There is no way to happiness. Happiness is the way." 然后在下方又写上中文："幸福是没有办法去追求寻找的，因为寻找幸福的过程本身就是幸福。"幸福是没有办法去追求寻找的，我们甘愿为了对方去追寻，愿意为了让对方喜欢而让自己变得更好，从而自己也喜欢上这个变化和进步的过程，这过程本身就是幸福。我们在这个过程中日益互相欣赏、互相肯定，不再挑剔和排斥，愿意分享并且期待被分享，这样简单的交流，就已经足够幸福。

书店打烊，我再度回到街上寻找，仿佛在很多角落看到她的长发飘过，但是寻踪而去又没有任何痕迹，一共就巴掌大的城市，却没有这个人的存在。我曾在这里住过一个月，在极夜时我也能熟练地穿过这里每一条能走通的小路，如今却没有任何她的痕迹。我抬手看看手表，考虑是不是应该开上车继续往前，去下一个城市，或者去格拉布洛克火山。

手表上显示今天的日期是 6 月 23 日，过几分钟便是 24 日零点。我猛然想到什么，拔腿便往山坡上的教堂跑去。

太阳依旧挂在天空，擦着天际线不愿落下，午夜阳光给教堂镶上金边，然后投下长长的影子。教堂门口的长椅上，有一个人孤单地坐着，看着太阳挣扎的方向。她戴着黑色的毛线帽子，在微风中显得有一丝寂寥。

听到脚步声，她站起转身。她看着我，微笑着摘下头顶的帽子，露出干净利落的光头，搭配着黑色夹克和牛仔裤，教堂的钟声此刻敲响，零点的阳光把这轮廓分明的剪影直接插进我心里。

*Lost in Iceland*

# 2

# 陈念的
# 环冰岛记

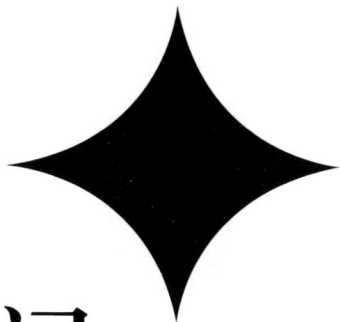

我想念那种清澈和辽阔，
那些雪山和峡湾安宁又平静，
没有危险，没有拥挤。
我要在那些记忆中找回我的热情。

" 能解脱
的人，
总是
值得
羡慕的。"

# 上

　　离家出走时，我并没有和爸妈说我会走这么远，我决定豁出去了。

　　我把这趟出行定义为离家出走，因为我已经没有家了。一个月前我还有个看似和睦、乱中有序的家庭，但现在唯一能称得上家的，只有爸妈那里了。如果我告诉他们我离婚了，而且现在还要和前夫一起去欧洲北边的一个冰雪小岛，他们一定会疯掉。

　　我也以为我疯了，在这个年龄离婚，我若不是疯了，还能是怎么了？

　　我原本已经放弃了这趟半年前就订好机票、酒店的旅行。但是哭过闹过之后，北京只让我觉得胸闷，我透不过气，我要出去，不管去哪儿，无论和谁，我要出去。

　　在首都机场的二号航站楼出关前，他突然很严肃地问我："你想清楚了？我们这趟冰岛行的理由何在？"

　　"为什么每件事情都需要个理由？"我反问他。

　　我们先是飞到香港，在维多利亚港边的洲际酒店住了两天。以往我们出去玩从不会住这么贵的酒店，但这次我斩钉截铁地订了。想想钱留着以后也没什么用处，不如花了算了。

　　香港阳光灿烂，晚风和煦，时而突降阵雨，温度又会稍微降下一点。离开北京之后，我的心情倒是好了很多。我一直坐在酒店大堂的咖啡厅，哪儿都不去，就看看窗外的维多利亚港和星光大道上的游人们，再看看手中的《秘密花园》。说真的，拿起彩色铅笔涂抹这本《秘密花园》时，所有的烦恼似乎都躲开了。一低头两个小时就过去了，再抬头看到游完泳的他坐在我对面，刚才消失的情绪又突然间海浪般地猛扑了回来。

飞机降落在阿姆斯特丹的时候，我从快活的梦中惊醒，来到一个陌生之地，我终于意识到，这已经是真正的出走了。

既然出来，要不，就不回去了。

那天晚上，我们买了大麻回房，我俩各抽了一根，我几乎没反应，他哭天抢地就差跳楼了。看着他神经兮兮抱着马桶吐完就睡，睡一会儿又吐，我不禁心疼起来。他在我面前就是个孩子，即使他做了再对不起我的事情，现在都已经过去了，他现在只是个在运河边上二十世纪的彩色旧房子里抱着马桶哭的孩子，那木质马桶圈还是手工制作的，方形的马桶圈。

我们和田佳佳碰了面，她介绍她老公周文栖给我们认识，我也把迟北川当作我老公介绍给了他们。我们终于到了冰岛，雷克雅未克，一片灰蒙蒙。

## 第一天

冰川和高山蔓延，阳光和波光粼粼，眼前一条道路似乎永远到不了目的地，视线被拉长压扁，宽广得超越视线。没有暖色，没有生息，没有人烟，没有现代化。

我隐约还能从他身上闻到淡淡的大麻味，即使我们已经来到了冰岛。他开着租来的车，我坐在他身边，周文栖和佳佳坐在后座。他们俩时差还没倒好，不一会儿就昏昏睡去了。

"要是后座没这两人，迟北川，"我对迟北川说，"我们就这么冲到海里去殉情吧。"

他扭头看了我一眼，嘴角带笑。他又看了看后头，说："好啊。晚上到了酒店，他们睡了我们再摸黑开车出来。总不能拉着他们陪葬。"

我觉得我就是抹杀不掉他的吸引力。那个一本正经胡说八道的他，就是我一直割舍不掉的他，他给我的答案，永远让我猜不到，但是又充满惊喜。

"摸黑？你看这天，会黑吗？"我说。

"不会，终于要体验一次真正的极昼了！想想就激动。"

这是我最后一次陪着他旅行了。我们去过那么多国家，但是这次之后，我们不会再一起出现在同一个地方了。离婚证我们已经分别收着了，在一起这么多年，无论从一开始有没有结婚证，到现在有没有离婚证，我们始终能够交流，这倒也不能说不是件好事。

当然，他和谁都能交流，不管他喜欢的还是讨厌的，只要他愿意为了某个目的，他就能交流。也许是为了拿到某个项目，也许是为了拿到别人的高度评价，也许是为了拿下谁的身体，当然，也许只是为了他高兴。

既然能够交流，我决定了，还是说吧。

我终于开了口："我知道她的事情了。"

说出来我又后悔了，我想说这话很多天了，它们从我的眼神中传递出去无数次，但是当他直勾勾看着我的双眼时，我又下意识回避。在北京我就想说，排队等离婚时我也想说，去香港的飞机上、飞往阿姆斯特丹的飞机上我也想说，那晚他大麻发作时我也想说，降落在雷克雅未克之前我也想说。都吞回去了。

"我知道你知道。"迟北川一点不含糊地说。

"所以其实我们离婚并不是因为感情不和是吗？是因为她吧？"

"就是我们自己的问题，和其他人没有关系。"

"是吗？"我继续问。

"是。"他保持坚定。

"你不要自欺欺人，都已经离婚了，诚实一点也无妨，我也没兴趣深究。"我快控制不住自己了。

"我说了不是因为她，况且我和她现在已经没什么了，没联系了。"

我沉默，我想再寻根究底问一些什么，既然已经鼓起勇气开了口，那就一次性都说了吧。我沉默得太久了。

这时，后座传来声音，佳佳突然开口，打破了僵局："这都傍晚六点了，太阳还在正头顶上呢。"

"真有意思。"为了缓解尴尬，我转身和佳佳说，"我想冬天再来一次，看看极夜的时候是什么状况。"

迟北川插话了："这还刚来呢，就说下次了？"

"反正下次也不是和你来了。"

"你这人说话就是这样，成心不想好好谈下去。"

是吗，我一直以为我们是能够沟通的，是不是其实只有我这么认为？

车厢中很久没有对话。一路上无论看到什么好玩的，迟北川和周文栖都停下来拍照，摄影狗们的习性大致就是这样。我兴致并不高，他们停车我也就当作休息，放松腿脚。这里无论几点，一直阳光灿烂。真好。

我终于唤醒了一些情绪，那是在间歇泉，他举着手机一直等待泉眼的喷发，每五分钟左右泉眼喷发出十多米高的水珠，围成一圈的游客爆发出热烈的欢呼，我也跟着激动地跳了起来。我在旁边流过的泉水边蹲下洗手，手指尖刚碰到滚烫的水流，就被迟北川猛的一把拽了回来。

"神经病啊你！也不看看旁边的警告牌！"他呵斥道。

"我又不认识！"我看到旁边画着红色感叹号的木牌，只有一个80℃我认识，大概指的是水温高过80℃吧。

"几个英文都不认识，也不动动脑子，活该你受伤。"

我没作声，把食指尖咬在嘴里。如果不是他把我拉回来，估计我右手的手掌、手背现在都烫熟了吧。

他仍旧认为我是他的，我是这么以为的。

今天驻扎的酒店一点都不豪华，亏我花了一千多块订的。在一个挺著名的瀑布下，也不记得瀑布到底叫什么名字，长长的一排平房，房间小得可怜，比日本的酒店房间还要小。不过方圆百里只有这么个住宿之处，酒店外面就是露营地，有房间住总好过扎帐篷吧。那些老外倒是挺享受在野地里喝酒露营的，我实在理解不了，脏兮兮的。

我们在酒店的玻璃餐厅吃晚饭，这时已经快晚上十一点了，看着还像傍晚五六点的模样。我一边吃着沙拉，一边看着那个瀑布以及瀑布流下的山头，旁边有条小道能爬到瀑布顶。

半个小时过后，我还坐在这里，看着迟北川沿着小道跑到了山顶，然后消失在我的视线中。原本我也想上去看看的，不知道为什么他提出要去的时候我突然又拒绝了。我很累了，这一天特别漫长。

和他在一起七年了，没有哪天有这么漫长。

山的西边有红色晚霞，我到底什么时候开口告诉他，这趟回去，我就要去约会了？其实是相亲，那个人从小和我一起长大，他一直没结婚，他一直还喜欢着我。

## 第二天

我没有心情关注沿途的景点，不过那个美军飞机的残骸我还是蛮喜欢的。那种凄美质感，就像我这些天的心情。我想到昨晚他在身旁睡得直打呼，他转身来抱我，我把他推开。我很反感他再碰我，但是我又控制不住地把脸靠近去闻他身上的气味。

这个烦恼让我这几天来持续失眠，每天早上梳头我都看到一地的落发。他是个坏人，他当初那么热情地占据我的心，现在说还给我就还给我，而且不管它是不是完好如初。

他不是个好人，一定不是。你们都被骗了。

我走不动了，在黑沙滩上坐下，他也在我旁边坐下。我们一起面朝大海，心如死灰。他扔了一块石子，飞入水中，悄无声息。

我也扔了一块石子到水里。"你知道吗，刚才在上边的悬崖上，那风吹得我都站不住了。不过我觉得掉下去也没事，这辈子就这么完了也行。"

"不用这么悲观吧。离婚而已，也不是什么都没了。你还可以有新的生活。"他说得很轻巧。

"就是什么都没了。你可以有新生活，我都不知道我应该干些什么，什么计划都乱了。"

"等能真正静下心了，好好想想，会有很多事情是你原本想做而没做的。"

"那你呢？你有想法了？"我问。

"我打算用一年的时间绕着世界转转。我想去一趟新西兰，然后再去一趟夏威夷什么的，总之就是和海岛干上了。"他不看我，捡着地上的石头。

"是啊，至少都比这里暖和。男人啊，倒是想怎么样就怎么样。我都开始掉头发了。"我挠了挠头，一把碎发就顺势掉了下来。

"想怎么样就怎么样——你真是这么以为的吗？"他说，"我要是想怎么样就怎么样那该多好。我一直憋着，想和你聊聊，从两年多前开始我就想好好说，我觉得生活特没劲，但是每次我一开口，你总是不耐烦地拿身边的琐事来教训我，我都没有办法把想法好好说出来。"

"我什么时候不让你说了？"

"你看，你总是这样的态度，我都不知道要怎么和你沟通。"

我忍住没再开口，我看着他，等他接着说。

"这两年我一直觉得，生活好像就卡在这儿了，该有的已经都有了，能够得到的东西好像一点都调动不起我的兴趣，但是那些真能称作目标的东西，似乎又那么远，遥不可及，根本不可能实现。"

"你想要的太多了。"

"不是我想要的太多的问题。我有这个能力做到今天这个位置上，我当然也可以做得更好，我们能在三环边买房子，三十岁能开上奔驰，为什么就不能在四十岁之前有更大的突破？但是我现在根本看不到这个突破的可能性，我厌恶这个职场，每天做着自己也不知道是不是真正有意义的事，只要报告写得好看，奖金自然不会少，我甚至怀疑我之前那么多年做的事情，这些东西对于社会到底有没有任何益处。"

"并没有人要求你有更大的突破，我真的没有要求过。"

"我有啊！"他激动了，"作为一个还算上进的人，我当然希望自己每三年五年能够有个飞跃，可是我现在真的迷茫了，我甚至不知道活着有什么意义。老实说我们离婚我倒是轻松了，放下了，我不用再为这个勉强维持的家负责任，我也不需要有稳定的工作来还房贷了，我已经提了辞职，这样就一身轻了。我是时候好好思考一下自己了，我到底是个什么东西。"

"你有时候吧，还算是个东西。"我说。

他撇了撇嘴，没再继续说话。

"你看那一对，他们什么时候会离婚呢？"我指着前面一对老外情侣问他。

男的满脸的胡楂，女的一袭白纱，看着都年纪挺大了。

"也许人家根本没打算结婚。"他说，"也许都是离了婚再走到一起的呢，离婚只是新生活的开始嘛。"

我们又开上了车，这两天沿途都能看到背着大大的背包拦车的外国人，周文栖每次都会挥手表示歉意。我发表了几句意见，表示不理解老外这样搭便车的习惯，迟北川就和我吵了起来。这有什么好吵的呢？我英文不好不善沟通有罪吗？就算英文好，我不乐意载那些看起来不知根底的人怎么了？

开了两小时终于看到了第一家超市，这家超市居然有一些亚洲食品卖，重要的是，有日本产的泡面。

"还是泡面好吃啊，雪中送炭，冰岛送面啊！"迟北川激动得抱起几盒泡面就冲去结账。

"你说在一起这些年，你除了为我煮过几次面条，还做过什么能吃的？"我问他。

"可我只会煮面条啊——也不是，别的菜我也会，但是没你厨艺好，没法吃，你说的。"

如果他不说，我也许回想不起来了。迟北川以前也是挺喜欢下厨的，不过那是和我在一起之前。

他曾经告诉我，他和以前的女朋友一起生活时，都是他下厨做饭。他会的菜式还不算少，而且似乎还挺享受在厨房的时光。他说他一定要在厨房里摆上音响，听着音乐慢慢准备餐食，一点都不会着急。自从和我一起生活之后，他却离厨房越来越远了。其实我很清楚这是为什么，刚在一起的那阵子，他是做过几次菜给我吃，我印象中确实不算好吃，所以每次我都直言不讳地告诉他：你这水平还是别下厨了。

从那以后，厨房变成了我的，他做什么都不对。

是不是一开始，就是我太过分了？

## 第三天

现在问我这些，我都不太能记起来了，他们两个男人每天都精神饱满，在车里唱歌，下车就拍照爬山。佳佳也兴致勃勃地大呼小叫，她包里不知道塞了多少套衣服，总是不停换装拍照。我不会写游记，应该说，我从来不写什么东西，就连微博最流行的时候，我都编不出那一百多个字。我不是不观察，我也不是对什么都没有兴趣，自己看过，试过，就可以了，为什么要张贴出来分享给认识的不认识的人呢？

我们上了雪山，这我还是想得起来的，但是上雪山之前在干什么，下了雪山之后又发生了什么，我真想不起来了。我那天上午一直想着要去死，可能因为前一天晚上的噩梦太可怕，大半天我一直不够清醒。我想我应该想想，以什么方式结束这条小命了，反正留着它也只有无尽的痛苦。我还有什么舍不得的？没有，那些都和我没有关系了。不过，当我看尽了窗外的茫茫雪山，再转头看到他的脸，我终于忍不住趴在了他的腿上。

他抚着我的头发，指尖皮肤的触感那么真实。

他们在海拔很高的雪山之间停下了车，我不愿下去，我就想躺一会儿。他说他陪着我，我执意把他赶下去了。但是他下车之后，我没有了枕头，怎么躺着都不舒服。我坐起来，望着他们，他们在远处雪地上一本正经地拍照。

佳佳换了一身婚纱，这我知道，今天出门前她就准备好了拍婚纱照。但我没留意她什么时候在车里换好婚纱下去的。雪地上那么冷，她就那么露着肩膀和手臂，想到这个我觉得自己手上都一阵发麻。

打开车门，阳光直接洒在我身上，并没有我想象中那么冷。毕竟这是一年中最热的时候了。我走下路肩，走上雪地，一步步走到迟北川身边，踏过的每一步，都在雪白的地上留下个浅浅的脚印。

我已经这么轻了吗？

"我也想拍照。"我对他说。

"行。"他似乎一点不吃惊。

他让我摘掉帽子，然后帮我拢了拢头发，我就那么直勾勾地看着他。

"怎么？"他指着远处说，"你站到那边雪地去吧，那一块还没被踩过，光线也很好。"

"我是说，我也要穿婚纱拍。"我斩钉截铁地说。

"哦。"他恍然大悟，"那……去借佳佳的，她拍完了，正好。"

他转身要回车上，被我拉住了。佳佳已经被冻到了，正在车里换衣服。我跑回车里，三下五除二把上身脱得精光，佳佳立马给我套上白纱，转过来勒紧背后的绳子。我从没想到，我这辈子第一次穿婚纱，居然是在这辆拥挤的车后座里。

我们下了车，佳佳一边喘着大气，一边帮我描上眉毛，我随便照了照镜子，拖着裙子慢慢走回迟北川身边。

他冻得脸都红了，却还是很耐心地帮我一张张拍着，还总是让我把姿势调整一下再来一张。他抱着相机包换镜头，我看他手指也泛红了。周文栖和佳佳早回到车上坐着了，我们还在这一望无垠的雪地上一步步往前走着，我一点都不冷，他总是一句又一句地问我冷不冷，可我是真的不冷。

但是每一阵风刮过来的时候，夹杂着雪花，我确实觉得我应该感到冷。

当年我们决定结婚时，他和我商量什么时候去拍婚纱照，我拒绝了他。我不想搞那么麻烦的事情，两个人傻子一样被不熟悉的摄影师折腾来折腾去，就为了摆拍那些看似幸福其实辛苦的照片，挂在家里让来做客的朋友们"瞻仰"，而自己一眼都懒得多看。这就是婚姻生活，就像一场表演。朋友和家人从来只关心你表演得好不好，根本不在乎你是不是真的活得开心。

今天我们终于在离婚了之后有了婚纱照，虽然只有我一个人，但是他很用心，他在认真地补偿原本因为我而没拍成的婚纱照。阳光始终在我脸上，在我肩膀上，我看着他在相机里给我回放的照片，我的笑容虽然勉强，但是不失温柔。

我还是那个年轻的我，还是那个面对镜头能笑的我。

我不想死了，我不应该去死。我还能笑，我还能活下去。

## 第四天

吃过一顿烤肉，我们离开了冰岛最东面的塞济斯菲厄泽，这里的地名总是这么长而且拗口，我想我会马上把它们通通忘记。这个城市被大雾弥漫，城里只有房子没有人，因为雾的关系，阳光也洒不下来。我们都不愿久留，上了车就继续翻山越岭。

周文栖在半山腰上停下车，招呼我们往下看。

回望我们刚离开的地方，浓密的白雾遮挡了整个山窝，那个城市就埋在里面，似乎我们是刚逃离了自然灾害的四个幸存者。

"这简直就是一锅粥啊。"我走到周文栖旁边时，他正感叹着。

他站在山腰上突出的一块大石头上，一下车他就抛下我们连蹦带跳地跑到这里，环顾四周，这应该是最佳观测角度了。

如果换作昨天，也许我会想：从这里跳下去吧，美景当前，死在这里也不错。

但是如今我已经没有这种想法了。

我说不清楚有什么魔力，它吸引着我一点点往石块的边缘挪动，我想站得更近，那样是不是能够看得更清楚，是不是就能感受到悬崖的魔力？但是我不敢往下看。我直视前方，山谷里的风刮过脸颊，我想哭。

突然，一只手抓住了我，把我往后拽了一步，我倒是被吓了一跳。

是迟北川。他难道以为我要跳下去吗？我真没有想过。

"你干什么？"我问。

"你……你小心点，风那么大，不小心掉下去怎么办？"

"我知道。"我甩开了他的手，又往前一步，站回到石块的边缘。

我居然第一次理解了孤独是什么东西。孤独就是我站在人群中，却只想划出自己的一块地；孤独就是很多人可以和你说话，但是你什么都没有听懂；孤独就是我生活在地球上，但是却存在于一个没有人烟没有网络的角落；孤独就是我有一个男人，但是这个男人已经和我没有什么关系了。

我曾经是个外向的女人，我习惯大大咧咧和人说话，我不常这样静静地站着。我想，也许我变成了另一个人，另一个有着相同躯壳有着相同姓名却不是我的人。

我不会再来这个地方，绝不。

## 第五天

当我再想起孤独这个词的时候，我们正坐在大瀑布边。我们见到了这个礼拜以来最多的人，他们都围在瀑布边拍照，每个人都多多少少被溅起的水花淋湿了，但是每个人兴致都很高。

我昨晚睡得很好，所以刚才下车走到瀑布的这段路我走在了前面。我精力旺盛，但是这趟旅程于我而言已经变成了完成任务，过完一天是一天，结束一个景点是一个。我等着，直到我们能绕完这个圈，回到首都，回到有机场的地方，到那时，这件事情就彻底结束了。

"我觉得你迟早有一天得秃了。"他在我肩膀上捏下几根断发。

"我以前不掉头发的。还不是因为你。"我偏了偏头，把帽子重新戴好。

"其实，"他眼珠转啊转，我知道他又要胡说什么来逗我了，"女生剃个光头也挺好看的，特别酷，范晓萱以前就剃过光头。"

"去死吧你!"我也许那时候说了脏话,也许吧,"我接受不了。难看死了。"

"你可以尝试转变一下观念嘛。伺候头发也得占用不少时间不是吗?烫、染、洗、扎辫子、梳刘海,不都挺费事的?没有头发的话一天可以省下个把小时吧?你看我这头发,这么短,多方便。我以前也留过长头发,每天都得洗,多麻烦。"

"胡说八道!"我转过头不理他。

他就是这样,任何倒霉的事情,到他这里都能嘻嘻哈哈没个正形。虽然他说的那些胡话仔细想想也不无道理,但是发型对于女人的重要性是不言而喻的。要我留个光头,我肯定接受不了,街上的人该怎么看我?

"你管别人怎么看你呢!"他突然说。

他知道我在想什么?我并没有表达出来啊。

我没理他,他站起身去瀑布边拍照。周文栖和佳佳在瀑布的另一端,离我远远的,迟北川大声喊周文栖,但没有得到任何回应。

我起身换了个更舒服的地方坐着,找到一块大点的平整石块不容易,刚好这里还有一片竖立的石头挡在瀑布和我之间,坐下后瞬间觉得水声小了很多。我拿出手机,随便看看大家转发的东西,不外乎一些鸡汤公众号,还有国内小明星们的鸡毛蒜皮。在北京待着的时候似乎这些和我息息相关,如今却突然明白,他们拍戏也好,劈腿也好,赚钱也好,过气也好,关我什么事呢?

他又回到我身边坐下。他是不是打算随时看住我,免得我自寻短见?确实,我总是把自己藏在一个大家看不到的角落,如果有轻生的念头就真可以神不知鬼不觉地突然消失。真有意思,他从没有这么紧张过我。

如果从这个欧洲最高的瀑布跳下去，不管淹死还是摔死，都足够壮烈的。我要真想死，这是个好地方，冰岛有很多个这样的好地方。

"你……"他说，"你后悔曾经嫁给我吗？"

我怎么不后悔？你把我毁了你知道吗？我可以有更好的选择，不是只有你一个人对我有好感，即便是我们结婚后，也有人仍然不放弃。以我的相貌，配你的外形，怎么说都是我吃亏，我当然后悔，你需要问吗？

"不后悔。"我说出口的却是这几个字。

"我对不起你，我耽误了你的幸福。"他低头看看地面的碎石，又抬头看着水面。我们总是在这样的场景尝试深度对话，总是在碎石滩上和奔流的浪涛前试图平静地挖掘出一些中心思想。人总是要把自己弄得高深莫测，生怕别人觉得自己没有思想。

我不想回答他，旧调重弹，现在说这些有意义吗？我们在北京也聊过，聊了一个通宵，聊完后我们决定去离婚，聊完后我们打算就此不聊了，事情就这样翻篇。你是你我是我，现在回头再翻账本也于事无补，我也不想浪费口水。

我摸出手机，找到刚才我看的一篇鸡汤文，拿给他看。

"你怎么理解这句话？"我问他。

"There is no way to happiness. Happiness is the way." 他想都没想，说道，"怎么样都是找不到幸福的，但只要你还在努力寻找，这就是幸福。"

是的，我也是这么想的。怎么样都是找不到幸福的。人生而孤独，并且将永远孤独，谁都不过是过客，那又有什么幸福可言。

怎么样，都是找不到幸福的。和谁都是找不到幸福的。

## 第六天

阿克雷里，这个地名好记。

我记得很清楚，到阿克雷里时已经接近半夜了，当然天还是亮的，不过已经漫天红霞了。我们很顺利地找到了入住的民宿，房间里宽敞整洁，厨房里的东西也一应俱全。在我们的计划中，今天大家是要一起煮火锅的。

我从北京带了海底捞的火锅底料，昨天佳佳和周文栖在路过的小超市顺利买到了一些青菜，还另外买了香肠和火腿，这里真空包装的牛羊肉太大块，我们没有买，根本不可能吃完。这几天我们一直吃着当地食物和沙拉，早就需要一顿足够辣的来改善伙食了。

迟北川和周文栖又拿上相机出门去了，他们答应半小时过后就回。佳佳洗菜，我切菜，厨房里锅碗瓢盆虽然多，但是没有一个长得像火锅的锅，而且这里的电磁炉固定在灶台上，也就意味着我们只能把火锅煮熟了之后再端到餐桌上吃。

"陈念，你说这厨房是开放式的，会不会待会儿满屋子都是火锅味？"佳佳边择菜边问。

"难说，我们吃饭的时候把窗户都打开吧，屋里暖气还挺热的，开一会儿应该不碍事。"我说。

佳佳嗯了一声，继续忙着，沉默了一会儿之后，她突然说："那个，你们俩，没事吧？"

我回答得也很干脆："有事。"

"那你说给我听，别憋着了。我就知道一定有事，但我也一直不好问啊，我虽然认识你那么久，但是你老公我还是头一次见到，也不熟悉。"佳佳满眼善良，她比我高也比我瘦，声音软软的。

"其实他已经不是我老公了，我们已经离婚了。你不要笑我。"我停止了切菜，很坦然地一股脑都说了，"出来之前离的，但是我还是坚持要来冰岛，当作最后一次跑这么远旅行。我担心如果这次不来，以后我可能都不会来了。"

"这……"佳佳放下手中的菜叶，拉过我放在砧板上的手，"我不奇怪，其实我也有过这打算，只是……只是没有你这勇气。"

"你也要离婚？"

"嗯。"

"为啥？"

"一言难尽。总之，我还蛮羡慕你的。是真的，能解脱的人，总是值得羡慕的。"

田佳佳终究拗不过我，给我讲了她和周文栖最近的一些事情。我想我不需要在这里浪费时间来讲述它们，因为这并不重要，她的问题只是猜想，而我的问题已是事实。而且，那时候我满脑子只想着我和迟北川，竟没有听太明白他们俩之间的是非黑白。我想佳佳应该也很了解这是一种什么样的感觉，因为后来我告诉她我们之间的事情，她似乎也没有真正听懂。

谁会真的去关心一些和你没有直接关系的事情呢？即使看起来真的很关心，她又究竟有多懂呢？

"佳佳，你答应我一件事情。"我突然想到，需要预先向她交代点什么，为之后可能发生的事情做铺垫。

"你说，能力范围之内我都答应你。"

"我们这一趟旅行结束前，不管我做什么，你都要支持我，你都要站在我这一边。"

"那不行。都支持你，万一……万一你想不开要自杀呢？难道我也支持你？不行。"她使劲摇头。

"你傻啊，当然不包括这个。我不会糟蹋自己的。"

是的，我已经想得再明白不过了，我要好好爱惜我自己，我还有很多的可能性可以尝试，我不是指我和别人的可能性，我是说我自己的可能性，如果我想变成另外一个人，还是有机会的。

这几天我一直在生存和毁灭之间切换，天气好的时候我会想要坚强活下去，环境凄惨的时候我会想到一辈子也就这样了。但是一个礼拜过去，我已经明白了，只有我自己能够对自己负责。

"好，我答应你。你也要答应我，你一定要好好的。"

"我会的，我会好好的。"

佳佳伸出双手，我们象征性地拥抱了一下，我们互相陷在对方怀中，那时候我手上握着一根香肠，她手中抓着一头蒜。午夜的阳光从厨房的百叶窗间横着射进来，照耀在我的脸上、她的长发上，她的头发有一股让人舒服的清香，她比我小四岁，年轻真好。

如果我还在二十五六岁的年纪，我也能和她一样，潇洒地追寻自己的幸福。找一个爱自己的男人，在看清楚他之前先不结婚。可是，也许在我看清楚他之前，他已经对我失去了兴趣，那主动权还是不在我这儿。那我到底应该怎样把握住自己的安全感？安全感到底是什么，它是能被我控制的东西吗？还是它会不断地自我损伤自我缩小？周围的朋友总认为我什么都有了，为什么我还是觉得什么都缺呢？我缺钱，我缺生活，我缺爱。

是啊，我缺爱。


## 第七天

我们在外屋的吵闹声中醒来，看了看手机，已经中午十一点多了。我们九个小时前吃完火锅收拾了厨房洗了衣服才睡觉，烘干机的声音穿透墙壁传到卧室。伴随着迟北川的呼噜声，我翻来覆去，不知道几点才真正睡着。

窗外一直都是白天，睡觉前我把厚厚的窗帘严严实实地拉上，但是总感觉自己的视线能穿透窗帘，看到外面空荡荡的街道。下半夜的阿克雷里像个鬼城，不管楼房、公寓，还是独栋，各个房子里都有居民，大家都在睡觉。但是整个城市又仍然处在白天的状态，到哪儿会有这里一样的场景呢？冰岛，真是个奇妙的地方。

"你别总推我好不好，我还没睡够，被你推着都睡不着了。"外屋传来佳佳的声音。

"你以为我想推你，你头发臭死了，全是火锅味，叫你洗头再睡你不洗。"这是周文栖的声音，"离我远点。"

"洗头？吃完火锅都几点了，我洗头还得吹干，那我还睡不睡觉啊？"

昨晚我还羡慕她头发香，一顿火锅之后全变了。佳佳在周文栖面前异常泼辣，和她在我们面前以及在镜头前照片上完全不一样。她应该是个文静的女孩子，她和挺拔的周文栖站在一起，完全是模特般登对的和谐景象，但是隔墙听着，俩人的声音都非常刺耳。

这是个一室一厅的房子，佳佳把卧室让给了我和迟北川，她和周文栖在客厅一角的沙发床睡着，拉开屏风刚好挡住，房主原本就是打算把这屋子给四个人住的。我们昨晚在客厅吃火锅，厨房和客厅之间并没有墙，显然他们俩整晚都睡在了火锅味中。

我正准备下床去厕所，听到佳佳的声音突然变了。

"死开，你别弄我。"

"老婆，对不起，我最喜欢你头发的味道了，老婆老婆……"

"滚，别弄我……万一他们突然出来怎么办……"

我又盖好被子继续睡，前几天晚上我也不是没听到这些响动，年轻人精力旺盛，我能不打扰就不打扰了。迟北川似乎也被吵醒了，拉上被子盖住脑袋继续睡。

我转脸看着他，他突然伸出手臂搭在我身上。

"老婆。"他呢喃着，眼睛都没睁开。

我们吃过昨晚的剩菜，上街溜达，街上已经有了不少人，看上去都是来自各个国家的游客，这个城市又活了过来。我们昨天到这里时已是四下无人的半夜，还以为阿克雷里完全是座空城，现在看到这么多人，倒有点吃惊。

我看到半山上的教堂，提议上去转转。

"昨晚我去过了，拍了照。有两个老人在上面坐着看午夜阳光。"迟北川说，"我去那个书店转转，你要去就自己上去转一圈，十分钟就足够看完下来了。"

"算了，我不去了，能想象到。"我原本朝那个方向迈出了一步，听他这么说，又停住了，"我陪你去书店吧。"

"没事，你想上去就上去看看吧，要不要我陪你一起去？你是不是想要我跟你一起上去？"他马上找补。

"不是，我就随口一问，真不是。"我说，"或者待会儿离开这里之前，有时间再上去看看也行。先去书店吧。"

书店附近居然有一家中餐馆，中国人真是太伟大了，哪个角落都有中餐馆。我们在《暮光之城》里的福克斯小镇见到过中餐馆，也在印度洋中的毛里求斯见过中餐馆，但是没想到在冰岛这个小镇子上也有这么一家地道的中餐馆。至少看门口贴着的菜单，那些菜名是地道的。

可惜我们刚吃过了饭，正撑着呢，不然一定来这里吃午饭。

迟北川在正儿八经地逛书店，我买了十张明信片，点了杯咖啡在书店的一角坐下。他也真有意思，明知那些冰岛文的书完全看不懂，还像模像样地一个个书架翻着，在日本、在泰国，他都这样，明明都是看不懂的鬼画符，不知道他怎么那么来劲。

我正琢磨着明信片该以什么格式写，他背着双手走到我面前。

"我买了本书，你猜是什么？"他神秘兮兮地说。

"你还买了书？看得懂吗？"

"你猜嘛，很容易猜到的。"

"不知道。根本没法猜啊。"

"当当当当！"他把背后的书举到我眼前，居然又是一本《秘密花园》，看样子是冰岛文的。

《秘密花园》原本就是一本图册，内页都是用来涂色的，除了书名之外再没有文字，所以认不认识字完全无关紧要。他可真是有才。

"你真行啊，可是我已经有一本了啊。"这次出行我带了一本《秘密花园》，在香港的时候我就涂了一整天，在飞往阿姆斯特丹的飞机上我也拿出来消磨时间，这书没什么特别的，就是一扑上去，一两个小时就过去了，倒也挺好。

"没事，就是个留念。这价格，比国内买中文版的还便宜呢。"他转身去收银台，书还没付账的。

我赶紧写我的明信片，时间紧迫。还好收银台前很多人排队，他又继续去书店深处看纪念品了，我得以安心地完成我手上这堆纸片。

"你要写这么多？"我刚写完五张，他结完账在我面前坐下来。

"不要你管，你别看！"我着急了，赶紧用手都盖住它们。

"你小心，别抹掉字了。"他见我保密意识这么强，又站起身来，"快写完，我一起给你塞邮筒里去。"

"你去塞你自己的，我的我自己去放，你走开你走开。"我是真的着急了，一方面我担心他看到我写了些什么东西，另一方面我又担心我这么一遮挡把刚才辛辛苦苦写完的字抹花了。

我都快哭出来了，我眼睛都红了。

## 第八天

穿过一条长长的海底隧道，我们终于回到了雷克雅未克。他们三人似乎意犹未尽，而我就像被绑架的人终于可以自由了。如果这是个交通方便的国家，说不定我早几天就自己坐车回首都来了。

如果今后有人问我冰岛怎么样，好玩不好玩，我会说，没什么意思，压抑、无聊、空虚、难受。总之，能不来就别来，别怪我没事先说过这些。

下午我们散漫随意地逛了逛商业街，终于回到了挤挤攘攘的地方，让我感到好受多了。迟北川买了一些纪念品，我什么也没有买，好像这一路上我唯一买的东西就是维克的毛衣和帽子了。帽子如今对我来说实在太重要了，没有帽子盖住稀疏的头发，我真的不知道敢不敢走上街头。

吃过晚饭，佳佳要继续逛街，迟北川说要去文身店转转，我一个人待在房间里。洗漱完毕，我把我和他的东西都分开，用两个箱子收拾好，然后拿出手机，再次确认预订的机票已经操作成功。

不到九点我就上床了。我睡了长长的一觉，这一个礼拜终于头一次在上半夜就睡着了。


## 第九天

他很早就起来了，我也很早就醒来了。

他换好衣服要出去跑步，我装作还没睡醒。他出门前轻轻关门，我叫了他一声。

"迟北川。"

"怎么？"他站在门口，轻声问。

我没有转头，我背对着门口。

我说："再见。"

他迟疑了一下，轻手轻脚关好门出去了，听到他跑下楼梯的声音，我马上爬了起来。窗外正下着雨，雨不大，但是玻璃窗已经被打湿了。这天气他出去跑步，不会生病吧？如果不小心感冒了，他应该知道多喝热水就能好吧？

十点钟的飞机，我把我明天的航班改签提前到了今天，我要先离开了，马上。

箱子我已经收拾好了，只需要换好衣服，洗脸、刷牙，然后收起洗脸的东西，我就可以走了，我的护照和他的护照我昨晚都已经分好放在各自的箱子里了。为了确认一下他的东西都妥善留下了，我又打开他的箱子看了看他的证件——确实在那里。我翻开护照最后一页，看了看他的照片，我又把他的每一张有照片的签证翻着看了一次。日本的，美国的，申根的，日本的，日本的，还是日本的。每一张照片都不太一样，发型、微笑、胡须……每一张都代表着不同时间他的变化。这是我的前夫，我曾经的爱人。

以后就不知道什么时候会再见到他了，也许，再也见不到了，谁知道呢。

我提起箱子，开门，出门，关门，佳佳站在客厅看着我。

"你……要一个人走？"她非常惊讶。

"嗯，你说过，你会站在我这边的。"我言简意赅，不想耽误时间。

"你这样……安全吗，不会出什么事吧？"

"放心，我去意大利转一圈，然后就回北京。要不这样，我到了给你发消息，但是你不能告诉别人你和我有联系，你得保密。"

"好！"佳佳走过来抱住我，"我太佩服你了！你要好好的。"

"你也要好好的。"我推开了她，拎起了箱子。

我准时到了机场，离登机时间尚早。我一度担心迟北川会找来，一路上并没有其他车加速追来，也没有人匆忙跑进候机大厅找人，他也许跑步跑得远了，也许知道追不上也就不来了，也许他也知道，不来更好。

这才是我们需要的，分开了，就彻底分开吧。

飞机穿过厚厚的云层，我也离开了这个阴雨绵绵的地方，再次投入了灿烂阳光中。

　　我拉下舷窗，再见了，冰岛，再见了，迟北川。

　　寻找幸福的过程本身就是幸福。

**66** 傻瓜，
我当然走了，
只是又来了，
我在这儿
住一年多了。**99**

# 下

我急切地想回到北京，就如同当初我急切地想离开北京来欧洲一样，当时是为了尽快逃离那个布满阴郁气氛的家，现在是为了能尽快回去收拾东西，永远地离开那个家。

不过，在回北京之前，我还是打算自在地去意大利逛一圈。那些关于意大利的各种名词从小就在我脑海中飘荡，尤其在冰岛冻了一个礼拜之后，我迫切需要投入阳光之中。

托斯卡纳的艳阳果然不同凡响，我正好赶上了五十年来意大利最热的夏天。街上的姑娘分为两种，只穿内衣的和不穿内衣的。她们散发出年轻活力，而我一定老气横秋，"怨妇"这两个汉字写在脑门上。

40℃的高温实在让我难以忍受，借着午餐的时机，我在餐厅的洗手间把头发扎了起来，再把内衣脱了塞在包里。镜子里的我隔着 T 恤居然也洋溢出了一些青春气息。

罗马斗兽场围起来一半，许愿池也正在维修。尽管如此，我还是往干涸的许愿池里扔了三欧元硬币，我的愿望不能因为他们的维修工事而耽搁，我的人生也不能因为任何其他人的客观原因而耽搁，从此以后我要做我自己的事，不再配合其他人，不再等待任何人。

罗马两天，佛罗伦萨两天。我晒够了太阳，逛够了小街小巷，也受够了卖自拍杆的棕色人，终于心甘情愿打道回北京了。

在国航的飞机上，我突然想到，这几天中我竟然一次都没有担心过会碰到迟北川。原本我们是计划从冰岛飞往巴塞罗那，再到意大利，然后回北京的。虽然我早走了一天，但是如果他决意要追上来找我，应该也不是难事。我省掉了西班牙的行程，因为孤身一人我还是有点担心安全问题，但是意大利是无论如何都要来的。事实上也证明我这趟独自漫游意大利是非常正确的——我已经把上一礼拜的潮气彻底排空了。

我确实一次都没有想到过会不会碰到他，我已经把他抛到脑后了。

回北京的当天，我就收拾了必需品搬到了同学家住下。三天后我就租到了公司附近的房子，我偷偷回去把剩余的东西也都搬了出来。迟北川还没回来，等他回到这个家时，他还是会看到这里收拾得整整齐齐，只是少了一半的衣物和零碎杂物而已。

房子在他名下，我们在离婚时已经协议好房子归他，现金等资产归我，如果不是因为去冰岛，我们两三个礼拜前就已经分得干干净净了。领了离婚证之后还睡在一张床上，那种感觉并不好受。他总以为我没心没肺什么都不上心，但这次我真的犯了心病，我很容易失眠，失眠是因为害怕醒来后离他的身子太近。

事实上，我在公司附近租下房子并没有任何意义，几个礼拜后我连工作都换了。我希望一切重新开始，我有了新的住处，有了新的身份，有了新的手机号码和微信号，自然也要有新工作和新同事才对。佳佳给我的建议很管用，这样一来我似乎已经从离婚的阴霾中脱离了出来。

我是从小就认识许誉东的，但是印象中他就是院子里最用功读书的大哥哥，从来没有太多相处的机会，这次应父母之命和他面对面坐下，感觉怪异得很。他为了今天的见面应该认真打扮过，白衬衫蓝西服，头发油光发亮，眼睛小小的，但是在镜片后笑得舒心。他有点中年人的微胖，但如果说他是胖子，那是断然不对的，他大我两岁，一直单身。

"听说你是在央视工作？是在西三环那边上班还是在'大裤衩'啊？"我积极地打破尴尬，我今天把头发盘了起来，穿了件有领子的衣服，两个礼拜前面试时我也打扮成这样。

"还是在玉渊潭那边，我们只有一部分频道搬到国贸这边了，据说会慢慢搬来。"他娓娓道来，言语中居然有股深沉的魅力，"我们大家都不太愿意过来，一则很多人在西边买了房子住得好好的，二则新楼里装修气味还是比较重的。"

"你在体育频道是吧？你打篮球，踢足球，还是……？"我胡乱发问。

"惭愧地说，我不打球，体育频道也不是每个人都要会打球嘛。我们做节目的，针对的只是策划和机器，到底是什么运动项目，我们其实也没那么关心。"他说着说着居然有点不好意思。

"那你具体负责什么呢？"

"算是导播吧，这么说，我们最近做了这么一个系统，把很多运动场馆的模型进行了 3D 的模拟，和比赛现场的机位角度进行重叠，这样比赛进行时，运动员的位置可以在模型上实时地标记出来，比如球员有没有越位，跑步谁先冲线，都可以很准确地以像素级单位观测到。比如你看水立方的游泳比赛，游到最后一段时泳池会有一根横贯的线实时标注第一名的位置往前移动，用的就是这技术……"

总得我问一句，他答一句，问着问着我也不知道该怎么聊下去了。我也不是个善谈的人，如果完全交给我来找话题，冷场是难免的。

我们沉默了一会儿，各自摆弄着各自眼皮底下的咖啡。我看了看窗外的行人，提议出去走走。

我们并排走着，点评了一下天气，又点评了一下路边泊车的人的技术。他开始给我解释深刻的道理，什么是低气压，什么是轴距，什么是扭矩。我努力让自己听懂。

迟北川从来不会说这些，他看到别人三四把都不能把车停入位时，只会挤出一个词：傻×。

我居然会把迟北川拿出来和他比。

但是真比起来，迟北川也太没素质了。

这次我们都没有聊到离婚的事情，或许因为刚刚认识就聊这些不太合适。第二次一起吃饭时我们聊到了家庭问题，我父母有自己的生活，完全不用我操心。他父亲身体不太好，他得经常去医院陪着，另外他爷爷常年在家里躺着，还好有保姆照顾着，不太影响他的生活。他说要把这些都和我说清楚，不想让我感觉到有负担。我并不在乎这些，这都是责任，不可推脱的责任。后来我们聊到了婚姻，我说了我离婚的事，他当时点评了一些什么，但是我都不记得了。我并不喜欢这种为了结婚而认识的关系，不过许誉东并不让人讨厌，就算只是朋友，他也是个值得倾诉的对象。我是说，他慢慢地变得值得倾诉了。

"你和他，在一起六年？"他问我。

"是的，甚至都来不及经历七年之痒。"

"一般来说，都是第六年开始痒，第七年，这痒被发现了，于是就散伙了。"许誉东笑笑，我知道他在尽量逗我开心，"所以都说七年之痒七年之痒，理论上是六年之痒。哈哈。"

说完他自己笑了起来，见我没什么反应，他戛然而止。我见他略显尴尬，也于心不忍，便尽量找新的话题。但他终究没有了先前的情绪，只是默默地搅拌着眼前的咖啡。

每次和我见面时，他都把手机扔在一旁，一两个小时都不碰一下。我回国换了各种联系方式之后，对手机也完全没有了以前的依赖。我们就这样面对面坐着，尽量找些能说到一起去的话题。我想我们对彼此的印象都不错，对方身上没有我们明显讨厌的东西，都堂堂正正的，没有恶习，并且我们也没有另外的备选对象，于是就这样每个礼拜见面，加深了解。

　　我把家里的电视调到体育频道，原本我很少看电视，但不知道从哪天起，我回到家后会习惯性地把电视机打开，或许有点声音不会让房间里显得那么冷清。我坐在沙发上看书，抬头如果赶上某档体育节目结束，我会下意识地仔细在字幕的工作人员列表中寻找"许誉东"这三个字。我居然慢慢开始有了牵挂，这个人没有什么特别的魅力，不会说话，没什么特长，也没有兴趣爱好，不像迟北川那样时而会拿起吉他摆弄一下。我甚至总结不出他到底有什么特别的，可能只是特别普通，特别安静，特别平凡。恰巧现在的我非常愿意安于这样的平凡生活。

　　"这是我最好的哥们儿，一楠，林一楠，我们认识十年了，以前的老同事。这是他媳妇，叫小媛就好了，别叫嫂子，她可比你小。"许誉东给我介绍道，"人家如今在上海赚大钱，和我们可不是一个阶级的了！"

　　在工体北门的一家重庆菜馆，我迟到了，他们早已经点好了菜，四人的座位，就空着一把椅子。

　　林一楠的短发软软地贴着脑门，两侧发际线明显退后了很多。他和许誉东看着很像，只是比许誉东更高一点，皮肤也更黑更粗糙一些，他站起身点点头，伸过手来轻轻和我握了一下。

　　都说要了解一个人，就要从他身边的朋友了解起。我曾经向许誉东提出过想见见他的好朋友，他满口答应下来。

"正好我最好的朋友下个礼拜来北京出差，可以聚聚。"接着他又说，"你也带你的好姐妹、好朋友一起吧，我朋友中还有单身的呢，不过要来的这个不是单身。"

那一瞬间我呆了，我竟然想不出到底谁算是我朋友。我有很多的同事，但是任何一个也许都不能算是朋友。我不确定同事是不是能发展成真正的朋友，许誉东说能，他的朋友都是工作中认识的，以前读书时的同学倒是都没了联系。

这么多年来，我一直和迟北川一起生活，跟认识迟北川之前的老朋友、老同事早已经断了来往。她们要么换了工作之后联系得越来越少，要么就是当了妈妈之后忙着相夫教子，我们之间也没了话题，更没有时间见面聚聚。

所以这么说来，我是个没有朋友的人，要不是许誉东这么一说，我还真没意识到我的悲惨人生。

"陈念，许誉东刚才一直念叨着应该去接你来的，不知道你是不是好打车，也不知道是不是找不着地方。你说你就迟了几分钟，他可牵挂了。"林一楠的媳妇嗓门很大，特别自来熟，我刚在许誉东身边坐下，她便笑盈盈地说了起来。

她身材微胖，并不结实，长相就是一般路人模样，没有什么特征可言，倒是身上穿的和手上戴的都透露着富贵。我曾经以为我和这样的女人从来不会有任何交集，我的圈子里从来都是正装的白领，而现在我坐在这样一个小富婆旁边，和她同桌进餐，她还完全没有架子。

林一楠和许誉东是老同事，很早之前都在北京台上班，他家在南城，是地道的北京人。林一楠过腻了北京的生活，突然去了江浙，后来就一帆风顺。听他们聊完一些老同事的近况，突然就说到了旅行。

林一楠他们上个礼拜刚从美国玩了一圈回来。

"你不知道吧，整个黄石公园，就是一个大火山口。以前地质学家去黄石公园里考察，想找到这个大火山的火山口，结果根本找不着，最后才发现，原来整个黄石公园，直径几十公里，就是个火山口，难怪在里面找不到。"小媛说得来劲。

"你知道得还挺多。"许誉东说，"看不出你人小鬼大，通天晓地无所不能啊。"

"我就聊啊，在黄石那几天晚上无聊，就和宿营地那帮老外瞎聊天。"

"用英文聊啊？"我很诧异，她看起来并不像读过很多书的样子。

"当然，我还是能说几句的。"

林一楠帮着捧场："她啊，每天在公司闲着没什么事干，就抱着本英文书。没想到这趟去美国还真派上用场了。我除了'你好''谢谢'就不会说话了，什么都是她搞定的。"

"行啊我嫂子！"许誉东说，"还挺能善用时间，上班时间带薪补习！咱们啊，都是读书的时候玩得太多了，根本没想到英语以后真会有用。"

"怎么了，我这叫上进！"小媛半抬起头，下巴都快戳到许誉东脸上了，"要旅游，就得补充知识，不然走马观花拍个照谁不会啊。我们又不是那些富二代，走到哪儿都买买买，只求个真的玩明白了。"

"得了，就你们现在这生活状态，我说小媛，你还上什么班啊？一楠一个人的收入足够养全家了，你这已经是富一代了。成天到处旅游就好了，还给人打什么工啊。"许誉东说。

"那不行，我还是要有自己的朋友圈子的，不上班干什么，成天关在家里啊？成天生孩子啊？他也就是这两年赚了点钱，万一以后没这么好命呢？"小媛说起话来特别泼辣，随时透露着一股当家做主的霸气。相比之下林一楠的话很少，而且总是轻声细语。

这一对朋友给我的印象非常好，很潇洒又很明白，他们的对话让我陷入了思考。虽然我不是富二代，但是曾经的我就是那个走到哪儿都买买买的人。我最常干的就是走进店里，指着货架说："this，that，big，white，how much？yes，yes，ok，ok，thanks.（这个，那个，大的，白色的，多少钱？是的，是的，好的，好的，谢谢。）"

如果想要问有没有折扣，那就得迟北川开口了。

我面前这个其貌不扬的小女人，读书时想必也没有用过功。她完全通过自学，掌握了旅行的必要技能，而我一个公司白领，收到英文邮件的第一件事情就是打开谷歌翻译。

我记得有人告诉我，任何人都会有他隐藏的可取之处，只是你暂时还没有发现而已。所谓三人行，必有我师，绝不是瞎扯的。

好像是迟北川说的。

"黄石公园去过了，接下来有什么计划？"许誉东问他们俩，"你们是一年得出去三四次的吧？不然钱怎么花掉？"

"自然风光已经没什么念想了。去年转了欧洲，今年去了巴厘岛、墨西哥、黄石公园，也没什么想看的风景了。"林一楠说，"倒是想去冰岛看看，不过有点远，再说吧。我们计划找个冬天去一趟新西兰，冬天的时候那边是夏天，要不要一起去？"

"欸？"许誉东看了看我，说，"问陈念啊，她前不久刚去了一趟冰岛。"

提到冰岛，我自然打了个战，表情极不自然。他们俩来了精神，抓着我问东问西，然后真开始计划起了冰岛的行程。

"咱们也出去旅行吧。"许誉东凑到我耳边，轻声跟我说。

"好啊。"我不假思索答应了。

第二天中午，我坐地铁到大悦城，上到五层的书店买了两本英语单词书。我现在有大把时间，如果每天看一到两个小时，或许我能有不小的进步呢。

最近两个月，我都在自己做晚餐，曾经的家庭生活中，我都是为了完成任务而准备两人的饭菜。一个人住之后，一开始我真是简单地做个沙拉，后来慢慢地开始做菜，我发现专注切菜、炒菜的过程，能够让我不去想太多的杂事，吃饭的成就感会让我觉得幸福，至少我还有屋顶遮风避雨，还有厨房可以自己打理。以前饭后的收拾工作都是迟北川做，我往沙发上一赖就行，现在吃完后我得自己收拾桌子自己洗碗，然后把碗筷用干布擦干放回橱柜，把东西从混乱收拾到整齐，我的心情也跟着稍微舒畅起来。

起初我在晚饭后拿起单词书看几页，那些单词都很眼熟，但是又并不认识，头几天看得很吃力，一个礼拜过后进度也就慢慢加快了。某天早晨我突然醒来，觉得自己充满了求知欲，便立刻拿起了摆在床头的英语单词书。从那之后，我每天早起学习半小时，然后再去洗漱打扮。早上的状态比晚上高效很多，半小时的时间能背下原本晚上要花一个半小时吃力记忆的单词量。当我发现这个秘密时，我整个人开心极了，完全没把地板上越来越多的头发放在心上。

"你这样进度还是不够快。"我告诉小媛，我最近在积极地学习英语，她对我说，"你找几本简单的英文书对着看，看句子会比看单词更容易掌握。"

"那我应该看什么书？我不会挑啊。"

电话那头的她告诉我先从《小王子》和《动物庄园》看起，于是当天我就买到了这两本书，第二天一早就开始像模像样看了起来。很快我又买了不少英文书，把书架上的渡边淳一和东野圭吾都扔进了垃圾桶。

上班，下班，吃饭。约会，看电影，看书。一年就这样很快地过去了，我的英文能力飞速提升，我对许誉东的了解也越来越多，他是个可以托付终身的人。他每礼拜三、礼拜五会来接我下班，其他日子他要上晚班。我们吃过饭然后他送我回家，从未越过雷池半步。

那个元旦节，他向我求婚，没有钻戒，没有夸张的形式，我没有犹豫，答应了。曾经我和迟北川爱得轰轰烈烈，俩人为爱情付出一切不问后果，看似非常了不起，但是年轻的爱情总有一天慢慢乏味，需要和我们共度终生的，终究是个简简单单、踏踏实实的人。以前的那些悲喜可以铭记，不过眼下，我已经准备好进入下一个里程了。

我们都会爱上另一个人，即使他比不上你。

我和许誉东提出，我们该一起出去旅行一趟。可能是我想太多，我总认为两个人能不能好好在一起生活，得看旅行在外时是如何相处的。

"去哪儿？"他问我，"要不要和林一楠他们一起？"

"就我们两人吧，别太脏别太穷的地方都行。"我没有仔细思考，这些事情从来都不是我来计划。

"要不要报个团？"许誉东问。

"报团？你想什么呢？我们又不是老头老太太，我可从没有跟团出去过。"

"那就去近点的地方吧。"他悻悻地说，"怨我，出门经验太少，我可以慢慢锻炼，先去个近点的？"

"日本吧，北海道，这个近，安全卫生，不费力。"

在新千岁机场降落之前，我就已经后悔了。从舷窗望下去，一片树林，白雪茫茫，无边无际，偶尔有几座小房子。我有预感，这不是我喜欢的地方，春天还没过完，这里和冰岛的气氛居然差不太多。

札幌是个没有温度的城市，不冷，更不热。日本的建筑没有什么吸引力，规整而简单。我们曾经去过东京很多次，这里和东京比起来完全不像在同一个国家，这个地方简直是破败萧条。我总是不自觉地拿这里和冰岛来比较，我说不出三月的北海道和六月的冰岛哪儿更冷，我随时把衣服的拉链拉到下巴，风一吹我就得闭紧双唇。

第三天晚上，我们吃完夜宵返回住处，街上已经没有了行人，行动中的车更是没有几辆，昏黄的路灯下，大地开始震动，眼前的高楼也突然剧烈晃动。地震。

许誉东正在离我几米远的身后抽着烟，他反应很快，扔掉烟头飞奔过来，他把我扑倒在路旁积雪上，用半个身子盖住了我。

"别怕，有我。"他在我耳边大声说，"别怕，别怕。"

我紧紧地抱住了他，完全没有感受到身下冰凉的雪。

警铃持续响着，城里动静不大，人们很快又恢复正常秩序，赶路的赶路，购物的购物。四级地震过后，就好像什么都没有发生一样，日本人对于不大不小的频繁地震早已经免疫，这些都不过是他们的日常生活，相比起来，我们这些游客就显得大惊小怪了。

"没事吧？要不要我背你？"许誉东一路扶着我往酒店走，即使我能走稳，他也不放手。

"我想去冰岛。"我支支吾吾地说，我也不知道为什么当时我说出了这样的话，想必并没有经过大脑。

"什么？"

"我们去冰岛吧。"

我想念那种清澈和辽阔，那些雪山和峡湾安宁又平静，没有危险，没有拥挤。我要在那些记忆中找回我的热情。我在那里丢了我自己，我把自己藏到了越来越小的地方，就因为那次失败的婚姻。在日本这个弹丸之地，我比在北京更憋闷，这里的人虽然比冰岛多，但是他们都不爱说话，脸上都刻着僵硬。我现在也变得和他们一样，活得小心翼翼，生怕有人不喜欢我，生怕再有人指出我的缺点，生怕有人会因为我做得不好而抛弃我。

那天晚上，我和许誉东说了我和迟北川上一次去冰岛的遭遇。他安静地听着，并没有发表什么评论。

等我讲完了那段故事，他紧紧抱住我说："好吧，我陪你再去一次冰岛。"

准备申根签证还需要一段时间，我提议去冰岛的话最好还是六月底去，赶极昼。我的头发脱落得越来越厉害，我从前的骄傲慢慢变成了自卑，每天出门我都戴上帽子，即使在办公室坐着，我也不取下来。我很担心许誉东会因为这点而不喜欢我，我对他没有任何要求，他对我好，我非常清楚，而我是不是他心目中完美的样子，我说不准。我越来越多地买帽子，衣柜里、沙发上、床头，渐渐地都堆满了帽子。

午饭后，我们坐在沙发上，电视画面中，一个女生唱着歌，是范晓萱，很久很久没见过她露面了。她剪了个非常短的发型，只有一两厘米长，她的脸小小的，头形非常好看。

我扭过头来问许誉东："哎，你说，如果我剪个范晓萱这么短的头发怎么样？"

看着他错愕的表情，我后悔了，我真不该问他这个。

"女人剪这么短的头发？那怎么行？"

"我觉得挺好看的啊。"我知道自讨没趣了。

他又看了看电视屏幕。"范什么？如今这些小姑娘全都不务正业，扭扭捏捏唱个歌以为自己就出名了，把无知当个性。"

这话让我有些生气。"范晓萱，人家不是小姑娘了，比咱俩年纪都大呢，你不知道范晓萱？"

"我哪儿知道那些小歌星。这就好像，比如你除了贝克汉姆之外还认识什么球星吗？真是。"

他放下遥控器，去了厨房。看着他的背影一摇一晃，那个形状高大但不够潇洒。我知道，我们之间有那么多不同，我们还没有足够的时间去磨合。

我只是表示想试试剪个短发，他都如此抗拒，假如我说我想剃个光头，他的世界估计得崩塌。我还是不给自己找麻烦算了。

但是第二天下班，我还是径直来到了公司楼下商场的理发店。

理发师热情地叫我 Elaine——这个英文名除了公司里的老外，也就只有他总挂在嘴上。因为他上一回推销防脱发洗发水让我心烦，我已经两个月没来过了。即使我再勉强自己，也不太能笑着回应他。我拿出手机，给她看范晓萱的照片，说我就要这样的。

"说真的，Elaine 姐，你的发量比较少，剪成范晓萱这么短的可能也立不起来。如果你不每天打理，可能得贴在脑门上。"

"那我应该怎么办，我就想剪这么短。"

"Elaine 姐是有什么不开心吗，突然想转变造型？"理发师尽量表现出自己非常贴心。

我没说话。

"其实也很简单，每天早上洗头后，抹一点发蜡，然后自己挑几撮，往上竖起做造型。我们现在有一款特别好的发蜡……"

眼看他要开始推销，我赶紧堵住他的嘴："不要发蜡，黏糊糊的，别的办法呢？"

"您也可以把头发烫一下，这个礼拜我们有活动，老客户烫发六折，您看……"

"你给我全剪了吧。"我打断他说，"全剪了。"

"什么？"他那不可思议的表情，我从镜子里看得很清楚，"姐姐您刚才说全剪了？我没听错吧？光头？"

"嗯，尝试一下，也没什么不好。"

就这样，当我再睁开眼睛时，镜子里的我，怎么说呢，真的有点滑稽。但也不算难看，真的。

我顶着帽子，开心地进了地铁，回到家里。我反复在镜子里端详自己这颗没有一根头发的脑袋，就像达成了一项蓄谋已久的成就。我转左，转右，拿小镜子照后脑勺，拿手机自拍头顶，我从没有对着镜子看自己看这么久，简直完美。

我感觉自己就像重新活过——崭新的自己。理发师在操作的过程中，我内心还一直在挣扎，随时准备喊停。这对我来说需要太大的勇气，不过现在看来，我一点都不后悔这么做了。我打开音响，随着节奏摇摆着身体，如果我会跳舞，此刻我一定在家中跳得尽兴。

我已经很久很久没有心情这么好过了，很久很久了。

许誉东果然被吓到了。周末我们一起吃晚餐时，他表现出了极度的不理解。我已经在办公室习惯了几天没有头发的日子，我比往常任何时候都受同事们欢迎，这倒是我从没想到的。他们都认为我很酷，并且他们完全不隐藏对我的称赞和佩服。我在新公司的这一年都过得低调又老实，但是这次对造型的彻底改变让我瞬间成了大家的焦点。总监更是叫上我直接和公司最大的客户去开会，并且让我在会上随意发表个人看法，大概在大家眼中，广告公司的创意策划人员就需要有这样张扬的个性。

我觉得我自己焕然一新，除了许誉东，没有人让我感受到挫折。

第二天他来家里看我，给我带了个礼物，我拆开一看，是一顶长长的假发。

我使劲把它扔在地毯上，义正词严地说："你这是什么意思，你不满意我的这个形象？"

"我怎么可能满意。"他说话的声音不像往常那么大，这是我们相处这么久以来，我的气势第一次占了上风。

"我很满意。我从来没有这么好过。"

"是，你自己很喜欢。但是你得考虑一下别人的看法啊，下礼拜就要见我爸妈，你这样子他们怎么可能喜欢？就算他们没意见，走在街上，我也会觉得很奇怪，别人用什么眼光看你，又用什么眼光看我？"他接着补充道，"我不是说这样丑，这样不丑，一点都不丑，但是，但是，也太奇怪了。"

"我知道你接受不了，但是这是我的脑袋。我也希望你能尊重我的意思。我每天梳头时，看到自己的头发稀稀拉拉，到处都能透出头皮，洗完澡之后满地都是头发，你知道我有多难过吗？我剪掉头发的这一礼拜，真的感觉很痛快，很舒服。"说着说着，我哽咽了。

"我们可以去医院看看，能治好的，有那么多治脱发的，肯定能解决问题的。你不能这样自暴自弃啊！"

"不是，你不懂。你真的不懂。我这不是自暴自弃，算了，我怎么说你才会明白呢。"我冲进卧室，甩上了门。

我们和他的父母在蓝色港湾一家北京菜馆见了面，那天我顶着那一头假发，不太自然地坐在他们对面。为了在自己头上打理好这一把不知道是来自谁头顶的毛，我花了一个小时。还好他父母都已经年过七十，老眼昏花，没有察觉我的假发有什么问题。

许誉东没有对我平时的装扮再说什么，他唯一的要求就是在他爸妈面前戴上那顶假发。他对我足够宽容，我也早已经过了耍大小姐脾气的年纪。我们都需要表现出对这段感情足够珍惜，我们很快要组建家庭，要在一起生活后半辈子。

一定是发型的改变慢慢影响到了我的性格，我很明显比以往要外向很多，我每天朝气蓬勃地出门上班，抬头挺胸走进办公室，在会上发言时我也格外抑扬顿挫。我买了一批简单利落的衣服，在试衣间换上新衣时，我自己也会情不自禁地对着镜子里的自己说：酷毙了。

我预约了三里屯的一家文身工作室，我知道我还缺个什么，我要在手臂上来点特别的东西。关于这件事情，我事先和许誉东沟通了，他并不反对，他虽然没有文身，但是他的好朋友——上次我见过的林一楠和小媛，他们两口子手臂上都有好几处文身。

女文身师给我倒上茶，然后抱来了几本册子放在我面前的茶几上，让我自己挑选喜欢的图案。她推荐了莲花、火焰、眼睛等经典图案给我，我都摇头拒绝了。那些不够特别，没有思想，我想要一个我自己真正能读懂的图。

她给的几本册子都翻完了，我还没有想法。我掏出手机，在图片搜索里毫无目的地搜索各种文身作品。

当我向下滑动屏幕，最终停在那张图上时，我感觉到我的呼吸和心跳也都同时停止了。那是冰岛维京人的图腾，是迟北川当时想文的那个图案，那个图案现在应该就在他的手腕上，我现在看到的这张图，也是文在手腕中央。我站起身来，慌不择路地逃了出来。

飞机穿过云层，穿过夜晚和白天，降落在了赫尔辛基，简单休整几个小时候，我们换了飞机再次出发，目标是雷克雅未克。

我们在阴雨迷蒙中颤抖着降落了，上一次来的时候，似乎天也是这样灰蒙蒙的，我记得不是很清楚了。但是，我确定我离开的那天，确实下着小雨，迟北川还出门去跑步了。

真快，已经两年了。

我真没想到，我还会再来这个地方，和另一个人，在一年中的同一个时间。

看过了大教堂之后，许誉东要求回房休息，他体形较大，在经济舱里睡得很难受。我陪他回去之后自己再度出门，虽然飘着小雨，但是我更愿意在这些斜着的街道上到处走走。

一切都和那年一样，就像我从没离开过。我的心绪又回到了两年前，我扣紧了帽子，低头慢慢行进，脸上也渐渐地湿了。

雨下得更大了，我经过一家文身店，鬼使神差地走了进去。

店主是个瘦高的中年男人，发型很酷，眼睛炯炯有神。他一边忙着手中的活，一边热情地和我招呼。我的英文已经可以轻松应答了。

看着窗外的雨没有停的意思，店里也没有其他客人在等候，我打算在他这儿文身，就那个图腾吧。

"这个图案你应该很熟悉了？"我拿手机给他看图，"这是个冰岛的图案。"

"当然。"店主看了一眼，继续收拾台面上的东西，上一位客人刚文完，在门口站着抽烟等雨停。

他接着说："这图案很多人喜欢，我每个月都要文一次，或者两次。半小时就能完成，你想把它文在哪儿？"

工作很快完成，维京人的图腾留在了我左手手腕内侧。店主给我的感觉很奇怪，他虽然相貌凶恶，话也不多，但是似乎我们是多年未见的老友。

我回到房间，许誉东还没醒。

我们租了一辆车，开上了一号公路，我自告奋勇来驾驶，我希望这样可以让我分心，缓解一下我的情绪。这地方塞满了回忆，我不能让自己想太多。

间歇泉，大瀑布，黑沙滩，冰川冰湖，原本该是分八天走完的路，我重新规划了一番，四天就走完了。景点都已经看过，虽然是夏天，但是风吹过还是比较冷，许誉东拍拍照也就缩回车里了，不知为什么，来到冰岛之后，他似乎也一直心事重重。

一路上我看到不少背包客在路边搭车，我想尝试载人，许誉东尊重我的意见，但是他英文不好，所以都是我和游客沟通。我们每天能载一个人，他们大多来自欧洲，偶尔有美国来的，虽然大包小包比较多，但是聊起天来没什么阻碍，都很放得开，几个小时的路程过得很快，而且他们一般上车也说不上半小时就昏昏睡去。有这些背包客的陪伴，整个行程似乎轻松多了，我随时都有一种交到新朋友的满足感。

我有些自鸣得意，其实很多事情我只是没去做，只要我想做，哪儿有什么真正困难的。

迟北川，你知道吗？谁说我做不到。我脑海中突然冒出这么一句话。

我在当年迟北川拽回我的悬崖边上站了一会儿，看着脚下的那个小镇，这里的人们年复一年简单地活着，而我们穿行世界各地，却找不到真正的快乐。我回头看看停在路旁的车，许誉东在后座上半躺着睡着了。

我直线奔赴阿克雷里，在我的记忆中只有那里有阳光，我订了房间，打算在那儿住上三天，上次在那里只待了不到二十四小时，有点可惜。中餐馆我还没去吃，山顶的教堂我还没上去过呢，光顾着写明信片了。

那些明信片，他应该都收到了吧？

整个北欧这些天太阳几乎都不落下去，阿克雷里在冰岛的最北面，六月下旬的每一天都阳光明媚。我们要在这儿从 21 日待到 23 日，跨过极昼日，然后离开这里回首都。

办完入住，那家叫"Pengs"的中餐馆已经闭店了，我们在街上随便吃了点香肠和沙拉。许誉东对吃的没太多要求，他什么都能吃，并且随时想让我多吃一点，他觉得我太瘦，看着就是禁不住风吹雨淋的模样。

饭后我们登上了半山腰，那座教堂虽然不如法国的建筑那般华丽，却透露着整齐与和谐。从这个角度看下去，城镇只能见到一小部分，而远处的山脉却层层叠叠。虽然有风吹过，但是阳光一直洒在身上，我并没有感觉到冷。

我觉得很温暖，坐在长椅上，听着树叶婆娑的声音。我想，生命就这样结束在安详中也非常不错，我真后悔上次来的时候没有到这个教堂来。如果我那时候上来了，也许很多想法会不太一样吧。

之后的每个晚上，我都来这里坐一会儿，感受这个世界角落里的缓慢节奏。我在长椅上坐下，一坐就是一个小时，看着远方发呆。深呼吸，再呼吸，我感觉到自己在一点点成长，一点点释然。

三天很快过去，原本我们要在 23 日下午离开阿克雷里。到了当天下午，行李都收拾好了，我发现我还是不舍得离开这个地方。我提出能不能今晚过了十二点再走，因为今天是白天最长的一天，半夜十二点太阳也挂在空中，我要在阿克雷里看看这午夜阳光。

许誉东开车，我们在附近峡湾转了几圈，他找了些合适的地方拍照，然后我们又去中餐馆吃了晚饭。刚到这儿的第二天我们去了一次，其实也没什么特别的，就是味道有点亲切而已。

许誉东不打算和我一块儿上山了，他在车里睡一会儿，毕竟这时已经半夜了。等我看过零点的太阳，我们再一块儿出发，东西全都妥当收拾在车里了。

我又在教堂门前的长椅坐下，哼着一路上刚学会的比约克的歌，太阳渐渐西斜，另一条长椅上的一对老年人抱在了一起。

如果许誉东在旁边，我想我也会抱紧他的。

刚想到这里，身后有脚步声，也许是许誉东来接我走了。我缓缓站起身，回过头来。

他就那么站着，在离我几步远的地方，就那么看着我，好像已经看了几百个日日夜夜——居然是迟北川。

这怎么可能！我当时的表情一定是又惊又喜。我的帽子就快要被风吹走了，我赶紧取下抓在了手中，我忘了我此刻头顶什么都没有，他一定清楚看到了我的光头，他的眼睛瞪得那么大，表情也十分错愕。

我们都没有上前一步，我吞了吞口水，首先说了一句："嘿。"

说完我已经泪如泉涌，我双手掩面，他马上走了过来，他想把我拥在怀里，我并没有配合，只是把头轻轻靠在他的肩膀上。

"你真的来了。"他说。他的声音比以前嘶哑了，他的胡子也乱糟糟的，扎在我脸上，疼。他的衣服还是那样的气味，我深深地呼吸着。

"你这是一直没走吗？还是我在做梦？这是哪一年？他们俩呢？"我越说越糊涂，眼泪模糊了我的视线，我抬头能清楚看到他的轮廓，但我已经分不清楚什么是真实什么是梦境了。

"傻瓜，我当然走了，只是又来了，我在这儿住一年多了。"

他告诉我我们分开后的事情，告诉我他在冰岛的生活，告诉我怎么从文身师那儿知道了我的踪迹然后一路追了过来。他差点要放弃了，如果不是这一刻最终在这里见到了我。

"你的头发？"他问我。

我擦干眼泪，端正站立在他眼前，甩了甩手尽量让自己显得轻松："怎么样，有没有很酷？"

"简直不能更酷了。"

从他肩膀上离开后，我们反倒有些拘谨，直到另一个声音打破了我俩之间的尴尬。十二点已经过了一会儿，许誉东见我一直没下去，锁好车上来找我了。

我简单地介绍了他们俩，短暂的沉默后，许誉东挥了挥手，我便跟着他下了山。这期间没有什么惊心动魄，那种场合，只能尽快了断，因为我看出了许誉东脸上的不悦。

能够再次见到他，看到他没有我也一样活得好好的，并且还是在这里再见一面，我已经心满意足了。

接下来就是我全新的生活了。

许誉东开着车飞快地奔驰着，他的驾驶风格一贯如此。我起初沉默，但是车里氛围太尴尬，于是主动说笑，他也全然不答。他表情凝重，只顾开车，在每一个转弯展示他高超的车技。

我也没再吭声，转头看着窗外。离开阿克雷里之后，我的右边窗外都是海面，波光粼粼。下半夜的阳光照进车里，让我迷离。我回想起刚才和迟北川的匆匆一别，就像一场梦，一场接着两年前的梦延续的回笼觉。他那么真实，站在我眼前，他的胡子，他的气味……

"我们就这样，一直开到海里去吧。"我也不知道是怎么了，突然说出了这么一句话。我想也许是我的梦呓，也许我梦到了两年前的那个夏天。

紧接着是一个急刹车，如果没系安全带，我一定会从车前窗飞出去。许誉东紧紧握着方向盘，用力踩着刹车。我原本以为是他开着开着睡着了差点出事，只见他眼睛睁得很大，脑门上都是汗珠。

我正要问他怎么了，他就面朝前方怒吼，也并不看着我："你要是那么想去死，你就去找他，找你前夫！你们一起开到海里去！这关我什么事？为什么要拉上我一起？"

他吼完这几句，拉上手刹，把头埋在了方向盘里。他哭了。

"我只希望你能好好活下去，健健康康地做个正常人，过正常的生活，像我们大家一样，哪里不好了？谁不是简简单单就过一辈子的？哪儿来那么多轰轰烈烈？你要去北海道，我陪你去了；你要来冰岛，我也陪你来了。我以为这趟结束，我们就能好好在一起生活了。结婚，生个孩子，上班下班，买菜做饭，看看电视。是，你可以说我不浪漫，没情调，但是我没有觉得这样不好。稳定的生活就不会有那么多的烦心事，你如果不是和他有那么一段，可能也不至于掉光头发。"

"对不起。"我说。我伸手搭上他的肩膀，被他避开了。

"不用说这些。"他抹了一把眼泪，接着说，"我没谈过恋爱，也许我不懂该怎么谈。我一直在念书，本科念完念硕士，硕士念完念博士，结果出来工作也就这样。我情商低，我没什么朋友，但是我对自己的生活状态还算满意。我不羡慕那些赚钱多的，我也不羡慕那些会搞浪漫的。他们能对你浪漫，也就能背着你对别人浪漫。"

这点说到了我的痛处，如果不是他提到，我都忘了我当初离婚的原因了。

"人能活多久？八十岁算长的了，醒着的每一天都很宝贵，我不想浪费时间，能平平安安生活就是最大的福气了。我在家里从来不会提到死、提到车祸这样的词，忌讳。你刚才那句开到海里去吧，真是让我忍不住了。来这里的这些天，我发现不是像我们想象的那样忘掉过去，覆盖记忆，而是更让你想起了他。你知道吗，当你不和那人在一起的时候，就会一直回忆他的好，而其实你们在一起的时候，你才会不断想起他对你不好的地方。你不要太幼稚了。"

"对不起，我真的没有忘掉他，尤其是刚才看到他的那一瞬间，我才知道，我是多么渴望再和他重逢。对不起。"我也哭了，把脸转向窗外，我没勇气看着他。这个老实的男人，在这个陌生的地方，和我把一肚子苦水都倒了出来。

"我自认为我能让你幸福，但是也许你不稀罕我这种幸福。"

他没再说话，我也沉默了很久，一只puffin飞过，落在车头，或许它感觉到发动机盖板很烫，马上飞起来换了个地方，落在路边的栏杆上。我们前几天费尽力气寻找一只puffin来拍照，现在它就站在我们眼前，我们都不想多看一眼。

"我们就到这儿吧。"我咬咬牙，说出了我的决定，"你也许觉得我矫情，但我就是爱他的义无反顾。有一次我跟他说，我们就这么开到海里去吧。他想都没想，就说，好啊，然后就开始踩油门。”

“幼稚。”

“我知道他不会，他也知道我只是情绪不好那么一说。但是我们都没怕过死，如果我们会害怕，也就注定了会分开。总而言之，我各方面都受他影响，让我无限地想去贴近他，满足他。而和你在一起，我发现，我变得非常自我。”

“我看到你的文身了。”他尽量表现出轻松，却更加语无伦次，“你一直拉着长袖不让我看到，其实我那天就看到了，我只是不想说而已。你如果想和我分享，就会和我说的。我们这层关系里，太不对等了。”

我伸手从后座拿过我的背包，拉开了车门，走下了车。

等我下了车关上车门，他才意识到我手上拿着包。他问：“怎么？你下车干什么？”

“你先走吧。我回去找他。谢谢你这么久以来的照顾，我对不起你，对不起。”我鞠了一躬，转身往回走。

他从窗口探出头来说：“不是，你这算什么？这走过去得多久？大晚上的，你回来！你理智点！这样好了，我送你过去行了吧！”

我大喘了一口气，昂首阔步向前走着，虽然已经是夜里一点，但是太阳正越升越高。我感到无比轻松，如释重负。我迈着大步朝着那个目标走去，这段路开出来也就四五公里，随便走一走，一个小时也走到了。相比这两年，这一小时实在是太短、太轻松了。

身后的声音越来越远。我摘下帽子，一步一步，越走越轻快。

阿克雷里，我又来了。

*Lost in Iceland*

# 3

## 一路向北

我看着窗外的运河，想象着那样的画面——
太阳出来，雪正融化，
时间过去，万物复苏。
我还只有二十七岁，我的一切都还未失去。

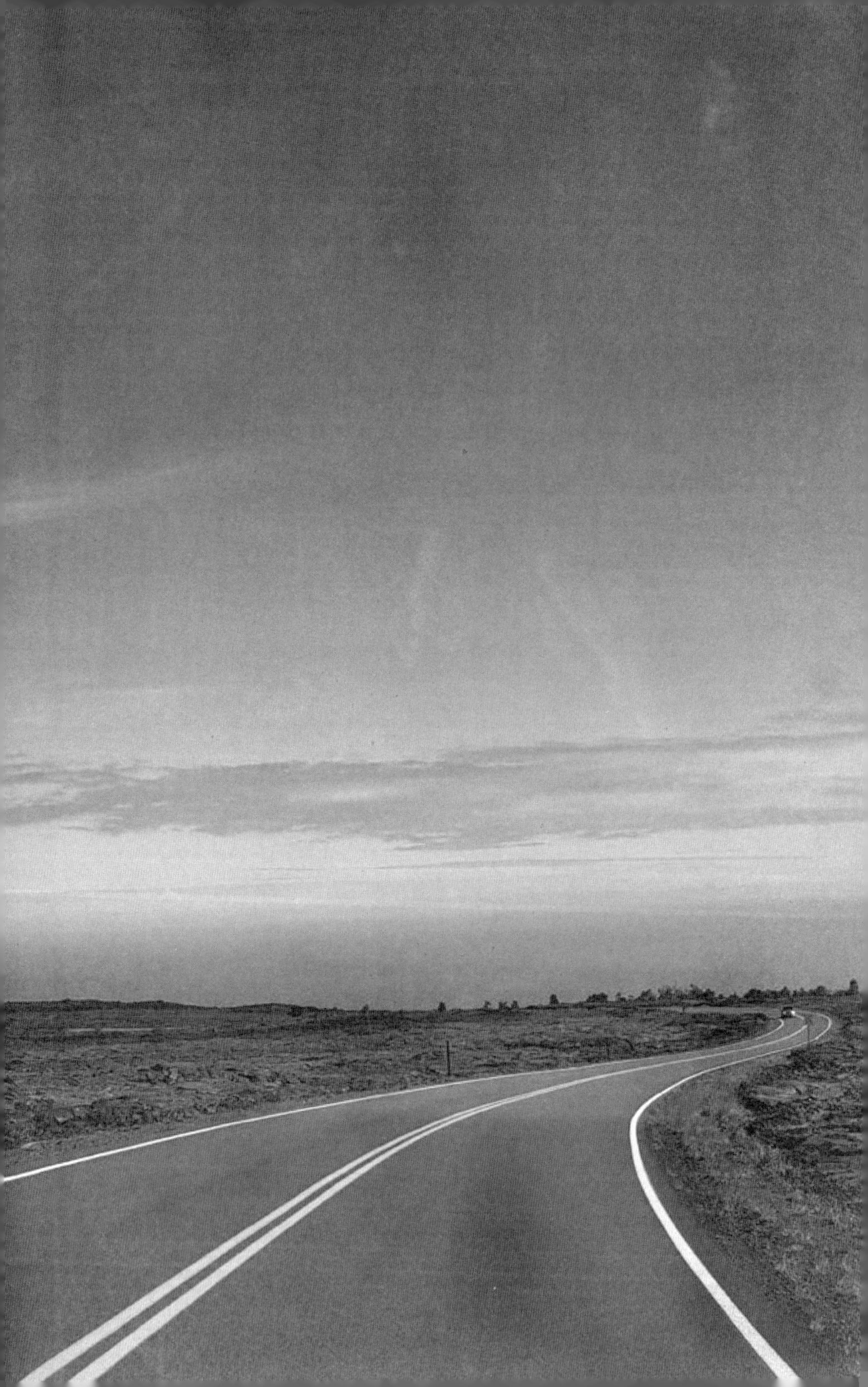

"你去吧。我们也该结束了。"

# 一、福冈

我们降落在福冈机场的时候，已经是晚上九点。和以往去任何一个目的地都不同，降落时我没有任何惶恐和紧张。我并不恐飞，我只是很烦将要面对的烦冗手续，以及出机场之后混乱的交通状况。当然，我知道日本是个不一样的地方，虽然我并没有经验，但是他告诉我这里的一切都会非常有序，让人省心。

此刻我心中唯一的不安来自身边的这个人，他在飞机爬升时睡着，到现在还没醒过来。我摇了摇他的手，他伸展了一下手臂，摘下眼罩，用尽力气微笑地看着我。这是有多勉强？不就是陪我出来玩几天吗？如果真的很麻烦，当初就不要自己主动提出来嘛。

迟北川是我的上级，我应该是迟北川的女朋友，不过我肯定不是他的妻子。他的妻子此刻正在北京，或许在厨房做着自己的饭菜，或许在小区里遛着狗，也或许只是在电视机前追着韩剧。

飞机停稳，他起身帮我拿下行李箱。这个金属行李箱是今年生日时他送给我的礼物，即使不放任何东西也已经很重了。如果没有他帮忙，无论如何我是不可能把它放上行李架的。它的存在，也就意味着他的存在，没有他，我哪儿也去不了。行李箱摆在我脚边，后舱的人渐渐挤了过来，他挡在我身后，我能感受到他胸口的热度。

他爱站在我身后，这样他可以拿出手机快速关闭飞行模式，他一定是给在家的妻子发消息，告诉她已经平安到达，让她早点休息。我十分清楚他在我身后干什么，我从来不会问，这样大家都更和谐，正如歌里唱的，人生已经如此地艰难，有些事情就不要拆穿。

福冈的夜晚远比北京要宁静得多，出租车驶上高架，穿过市区，计价器跳得飞快。窗外霓虹点点，却看不到人，我睡眼惺忪，但仍努力找寻这个城市里的鲜活印记。我们一行四人，在福冈天神的酒店办了入住，店员恭恭敬敬地把我们送到电梯。我和钟婷婷一间，迟北川和何小鹏一间。

我二十七岁，我叫什么这并不重要，你可以叫我 M。我刚工作两年，在这家外企里做到了经理，我以为这要拜迟北川所赐。但是他总不忘提醒我，升职是老板们的决定，和他并没有关系，他那时候还没注意到我。如果说对当时的我有什么印象的话，他说，他可能会投反对票。

## 二、北京

我们的这种关系开始一年多了，算起来已经差不多一年半。他后来告诉我，最早他对我有不同的感觉是我们第一次单独吃饭。那天我刚好转正，忙到天黑才抬头，办公室只剩下了我和他，我心情好，提议去楼下吃顿好的，我请客。他也饥肠辘辘，我们坐下先点了牛排、鸡翅，然后又要了沙拉，最后还加了甜点——他一点没打算帮我省钱。我工作两年，他工作十二年，这样一顿饭对他来说是小儿科，但对我的钱包可是极大的挑战。

我们聊着聊着就从工作聊到了生活，我很天真地把我的焦虑和盘托出。我当时刚和男朋友分手，对于这次分手，我既不难过也不遗憾，可以说根本没有任何伤痛。因为我们已经分了很多次，这次说不定也会马上就复合。我的男朋友长相不错，家庭背景也很好，但是我总是觉得他年纪太小，太不懂事——其实我也很不懂事。我说我可能比较喜欢成熟一些的男人，只有老男人驾驭得了我，那些幼稚的太没意思，我还得像带孩子一样照顾他。

他对这件事情有了兴趣，一本正经地帮我分析为什么我会喜欢成熟的男人。他引经据典，搬出很多电影和小说情节来让我对号入座，他说成熟的男人太危险，我会陷入被摆布的状态，能和自己年岁相当的人在一起才是一种幸福。他分析的那些和我的情况根本就不一样。

他口若悬河，却怎么说都不得要领。为了不让话题越跑越偏，我鼓起勇气向他坦白：我之前做过两年第三者，和一个有妇之夫。

也许正是那个有妇之夫让我感受到了成熟男性的魅力，我深深知道，我迷恋的那种味道不是小鲜肉能给我的。

迟北川的表情发生了变化，他明显变得忧伤了。后来他告诉我，那天晚上当他知道这件事情时，他很心疼我，一个洁白无瑕刚步入社会的小姑娘，却遭遇了那么多复杂难言的事情。他说他痛恨那些搞婚外恋的男人。他们毫无责任感，既然自己家出了问题，就要自己想办法妥善解决，不应该出来祸害别人。

我并没有觉得有那么严重，我不算洁白无瑕，我是愿打愿挨。我爱一个人，就不会在乎他多大年纪，是不是有家庭，我不在乎外界怎么看我，我不抢任何东西，不图什么回报，我只是去爱一个人。我相信爱一个人没有罪。

我知道迟北川的家庭十分和睦，他已经结婚很多年，虽然还没有计划要孩子，但是俩人一直甜甜蜜蜜。他每晚都回家吃饭，周末绝不应酬，他的工位上摆着妻子的照片，就在最显眼的地方——她是个大美人。他和我们吃午饭时，也总是把他妻子挂在嘴边，那一定是他最重要的人。

那次晚餐之后，我们没有再单独相处过，他也一直帮我保守着这个秘密，就像他从来不曾知道。

### 三、福冈

早餐过后，迟北川带着我们走路去会场，公司为期三天的全球培训就在酒店旁的会议中心进行，走路过去不到十分钟路程。这三天的培训都安排得很满，不过中午回房休息的时间应该还是有的。钟婷婷一晚没睡好，她已经做好了随时逃课的准备。

上午十一点，第一个议程过半，迟北川发消息给我，叫我出去走走。

我想说我是一个还算认真的人，接下来的课程我很想认真学习，然而迟北川的信息很快又追了过来，他已经在会场一层大门外等着我了。

我只得收拾了东西，趁着旁边的人都不注意时找了个空当溜了出去。室外已经烈日当空，头顶的云层流动很快，日本的白色、灰色建筑简洁地摆开在街对面，紧致但不压抑，迟北川在路口处的商场门口向我招手。

"干吗啊？接下来两节课都是我要听的东西。"我抱怨他。他试图牵起我的手，我机警地躲开，万一另外两位同事也逃课出来，让他们看到我就百口莫辩了。

"回头你找课件看看就会懂的，很简单，或者我帮你找视频录像。"他在背后推着我进了商场，"现在我们逛街去。"

福冈是个不大的城市，市区中心和JR[1]站混为一体，伊势丹百货、崇光百货紧紧挨着，周围散布着各种食肆。他大包小包买了不少东西，而我一点购物欲都没有，直到吃了一大碗鱼子饭之后，我才稍微缓了

---

1　JR，Japan railway，日本的轨道交通，类似于中国的火车或地铁。

过来。迟北川给何小鹏打了个电话，得知他们已经认真地完成了上午的课程，正要去餐厅吃午饭，吃完饭一点钟就要接着去赶下午的课程。

迟北川送我回房，跟在我身后进了房间，门在他身后轻轻锁上。他放下大大小小的购物袋，从身后抱着我，我转头吻他。我们已经几十个小时没有接触了。

他伸手从我裙底往上，我及时控制住自己，往后退了一步。"别，万一婷婷这会儿回来怎么办？"

"他们在吃饭，吃完就要上课，哪儿回得来。"他有点扫兴，转身给门锁插上了保险。

"万一呢？万一她中午想回房间上个厕所什么的。你也不想一世英名就这么毁了吧。"

"哪儿有那么多万一，要不去我房间？"他说。

他的房间和我们不在一个楼层，但是这并没有区别，他的室友也可能随时回来，即使他刚刚特地打电话确认过。我摇摇头。

"那要不我再开个房间。"他见我坚持，想出了对策。

"别费钱了。房间太贵，晚上还是得回来睡觉的，不然他们又得担心。"我说，"这可不能报销。"

"那我自己掏腰包呗，一晚上也就九百多块钱，不是大事。"

我严词拒绝。不知道为什么，这一趟出来让我感到莫名不安，来的飞机上我想了很多，我们在一起了一年半，有些东西似乎正在改变。


## 四、上海

那次晚餐过去几个月后，我们一同去上海出差。我已经独当一面，我们各自分头处理着不同的项目，恰巧同时有去上海的安排。我还要在上海多待两天，他的工作提前一天结束，当天晚上的飞机回北京，中午退了房之后他下午没有去处。听说他近来出差太多，一坐飞机就腰疼，我提议他在附近找个地方按摩，但是他担心周围没什么正经地方。我明白他说的是什么意思，也就笑笑表示理解。我让他下午来我房间里待着，他还有个报告文档要赶，他原本计划晚上在飞机上写，我想下午的时间他反正闲着，不如在正儿八经的桌子前先写完，这样晚上就能一觉睡回去。

我们在书桌两头，也没怎么说话，只有断断续续的敲击键盘声，就这样各自忙活了一下午，进展不错。他突然站起身大喘一口气，说坐久了，腰疼。

"那怎么办，我给你按按？"我说，"你去趴着。"

从小就大大咧咧惯了，我根本没把这当回事，倒是他愣了一下。

"那多不好，不行，不行，我还是再搜搜附近的按摩店吧。"

"多大点事，快去趴着！"

他踢掉拖鞋，上床趴下，这是我第一次命令我的领导，特别有成就感。我站在床边，用力帮他按着腰。他哇哇大叫。

"你这样还是不行。"他缓了过来，开始指示我，"你按左边的力道大过右边，不均匀。左边都按疼了，右边还是没感觉。"

"那应该怎么办？我坐上去？"

"对，坐上来。"

我爬上床，迈过腿，当时我们真的只是单纯地探讨按摩技法。

或许他嗅到了枕头上的气味，或许是感觉到我坐在了他的腿上，也或许他已经想到了什么。总之，他几乎是从床上弹跳了起来。

"算了，算了。"他语速很快，结结巴巴，"已经按得挺好了，挺好了。时候不早了，我……我也该去机场了。"前一分钟还悠然自得恨不得睡上一会儿，下一分钟他突然变得着急起来。

他收拾电脑包，穿鞋，他推着行李箱去了门口，他已经打开了门，我还在床上坐着。

我穿上拖鞋，到门口送他，我明白他是尴尬了，我们隔着门对望着。他凝视着我的眼睛，他说："我走了。"我说："这就走了？"他说："该走了，该走了。"

他的飞机还有四个小时起飞。他默默地望着我，就像我脸上写满了字，就这么看了不短的一会儿，他转身，拖着箱子进了电梯。

很久之后，我们躺在一个被窝里，我枕着他的手臂。他对我说，如果那天在上海他没有逃走，我们会不会开始得更早一些。

我说："不会，你想都别想，按摩完了我就会把你轰出去。那时我对你一点感觉都没有，只是把你当个朋友。"

## 五、长崎

三天的会议有惊无险地结束了，其他同事在当晚就飞回了北京，迟北川唯独把我留了下来。听他的意思我们需要去一趟东京，拜访在日本的分公司，目的是进行一些技术交流和资源共享。我有点糊涂，我不太确定这是确有其事还是他的特别安排。不过我确实也很想去东京转转，另外能和他安安静静待上几天，也是求之不得的幸福了。那天钟婷婷和我说她也想去东京，她一次都没去过。但是迟北川一本正经地说公司有安排，她必须得马上回北京。

如果只有我们俩，那么去哪儿都是幸福的。也不是一定要去东京，但是回到北京，就不是只有我们俩了。

我们在北京的时候是不可能晚上会面的，他每到下班就会按时赶回去吃饭，晚上甚至连手机都不看，周末更是与世隔绝。所以在工作时间之外，我总是一个人待着。我周围的朋友都在把握青春谈恋爱，而对我来说，工作日之外我就是单身的。我不是不奢望朝夕相处，只是我一直告诉自己，不要奢望太多，今天这一切已经来之不易，况且，就连这些也有可能随时会从指缝中流走。

这些天正值日本投降七十周年，我们在天神站的商场中央看到关于战后的一些展览。颇有玄机的是，在日本，他们不提"二战投降""战败""法西斯"或者"侵略"等字眼，他们一概用"战后"这个概念来表达。我知道这不是一个敢于认错的民族，这让我先前的好印象稍稍消失了一些。

看过展览，他提议我们应该去一趟长崎，那个被扔过原子弹的长崎，离福冈很近。

"会不会是个很压抑、很阴郁的地方？"我说，我的兴趣并不大，只是如果他要去的话，我一定会陪着，"也行，去那儿也行，去看看。"

"对吧，这都到福冈了，离长崎也不远。这次不去，以后也不会有机会去了。"他说的似乎很有道理。

"一天往返够吗？什么时候去？"

次日一早我们出发上了新干线，南下直奔长崎。新干线的票价真够贵的，日本的新干线相当于我们的高铁。我没坐过高铁，迟北川说高铁比新干线快，新干线的技术已经是很多年前的了。但是毕竟日本只有那么大，所以这速度也已经足够了。

车厢里开着冷气，很冷，我穿少了衣服。他也感觉到了温度偏低，便把自己的外套脱下来披在我肩膀上。脱了外套之后他就只剩短袖了，我看到他手臂上都起了鸡皮疙瘩，便把衣服还给了他，我说我没事，女生经常为了漂亮穿得少，这点冷气完全可以抵抗。

四个多小时的车程，我看着他，他看着窗外，车厢里的人很少很少，我们不说话，整节车厢都是安静的。窗外的日式矮房子似乎都长得一模一样，白色灰色的墙，稍有倾斜的屋顶，街上什么都没有，真的什么都没有。他抱着一本书在看，厚厚的，没看到封面，不知道书名是什么。我玩了一会儿手机，没有了兴致，拉过他的一只手，抱着睡着了。

出了长崎车站，阳光照在身上，我感觉好多了。我们在车站里吃了拉面当午餐，热汤下肚，全身的毛孔都脱离了紧缩状态。他拉着我去路边看地图，这个城市就像个不大的镇子，附近最雄伟的建筑似乎就是火车站。我们上了一辆公交车，五六站之后来到了长崎原爆纪念馆。

那个小土堆就是当年原子弹落下的地方，前几天刚举行过纪念活动，土堆上还摆满了各种颜色的纸带和图画，鲜花绕着土堆摆放着，都还很新鲜。作为景点来说，这里完全没有看头，整个公园里也没有几个游客，大家懒洋洋地漫步着，我牵着他的手，跟着他往山坡上走。想起来这应该是我们第一次能牵着手招摇过市，但是我从来没有想过，会是在这样沉重的地方。

进了纪念馆，气氛变得更加肃杀。各种爆炸时的残骸罗列一处，触目惊心，伴随着视频的回放和模拟现场的布景，我一刻也不想在里面久留。他看得津津有味，似乎在仔细研究炸药的当量和死伤人数。

我只得自己先往出口走去，他见我走远，马上跟了上来。

现在回想起来——坦白说我一点都不愿意去回想——纪念馆旁边的纪念堂倒是个不错的地方。一处圆环状的水景，底下是死难者的碑群。我站着凝视了许久，就像那汪水，静默着，感受着清风拂过我的生命。如果我此刻处在生死之间，我首先会想到谁？我当然会先想到他，然后才想到我的父亲母亲。而他就站在我的身边，此刻他会先想到谁？我看到他掏出手机，摆弄了几下，又匆匆放回了口袋。

除了原子弹相关的地方，长崎似乎没有什么去处，而且我也不愿意再看这类型的东西。迟北川说可以去长崎港看一看，天色也不算早了，再逛一逛也就可以回福冈去了。新干线车票随到随有，除了我的腿脚累得有些疼之外，其他一切都还算好。

长崎港面海的一边都是餐厅，我们成为第一拨吃晚饭的顾客。港口停着一艘军舰，随着海浪徐徐飘摇。我们就这么吃着刺身，喝着日本酒，看着天色慢慢暗下去。这是平淡又沉重的一天，我宁愿我没有来过。

回到酒店已近半夜，回程的车厢中冷气依旧冰凉，如果长崎站有商场，我一定会买一件新衣服。然而在那种气氛下，谁又有购物的兴致呢？确实，这一路都没有看到任何娱乐休闲的项目，难道在这个遭受过原子弹轰炸的城市，人们就从此不再娱乐了吗？谁知道呢。

我感冒了，头昏眼花，有些鼻塞。我分两口喝了一大瓶水，钻进了被子，任由他怎么折腾我。

## 六、北京

女人的感情表达在思想和情绪里，而男人的感情似乎总是表达在身体上。他说他总觉得自己在我身上重新找回了年轻的感觉，似乎他也并不算老，三十五岁，也算是正当青春。我知道他时常因为年龄而焦虑，走到三十岁和四十岁的中间，总是说自己还一事无成。如果在一家跨国公司能做到首席还叫一事无成，那世界上百分之九十的人可能都不会再有出息了。

或许我还小，当他突然抛出"中年危机"这个词语时，我完全没get（领会）到，也根本不能找出同理心。为什么人到了中年就会有危机？中年不是应该正是事业有成，家庭也美满，要钱有钱，要面子有面子的时候吗？难道是有什么东西选错了？中年不应该是一个人正熟透了的年纪，一切尽在掌握的年纪吗？

很久之后我才知道，原来他们是被某种东西给锁住了，动弹不得。

"我总觉得自己老了，直到我闻到你身上的那种气味时，我才知道，原来我还年轻，还会有冲动。"他把车停在路边，对我说。

那一段时间他经常和我差不多时间下班，然后开车把我送到地铁站。他说他刚好回家顺路，其实我非常清楚，他一点也不顺路，他回家的方向和我要去的地铁站，一个在东一个在西，完全相反。

"有什么气味？香水还是洗发水的味道？"我有点疑惑，我自己完全闻不到身上的气味有什么特别的。

"不是那些东西，是你皮肤的味道，就像是，嗯……从每一个毛孔里散发出来的，由内而外。"

我把长发从后背甩过来，偏着头对着他："你闻闻，是不是这个？"

"不是，不是。"

"那就奇怪了，没人说过我有什么特别的气味啊。"

"你男朋友呢？他没说过？"

"他就是觉得我的洗发水味道太浓啊。我自己习惯了，感觉不出来。"我收拾好包，打开车门去赶地铁，"谢谢你，又麻烦你送我过来。"

"没事，顺路。"他又补充道，"明早说不定还能在这儿偶遇上。"

第二天我从家里把剩了小半瓶的香水带了出来，出了地铁，他果然在那儿等着。他虽然从没挑明，但是我不是傻子，我明白他的意思。

"不是这个香水的气味。不过这香水挺好闻的，我也去买一瓶。"他说，他越是装作无关紧要，越是藏不住他的心思。

"你别买了，我这瓶给你吧，我也用得少。"

他喜形于色，这算是我送给他的第一件礼物，虽然只有半瓶了。

后来我知道，从我身上散发出来的东西，大概就是那种叫作费洛蒙的类似雌性激素的气味，只有对你有感觉的人，才闻得到，或者说，才感应得到。迟北川说他从前没有闻到过，只是在我们从上海出差回来之后，某一天他才发现我身上有这样的气味，并且越来越明显。

"那你之前的女朋友呢？没这样的气味？"

他摇头。

"那你老婆呢？"

他继续摇头。

直到有一天，他说他再也抵挡不住这种气味的吸引了。我们在车里坐了很久，关着窗聊着天，空气又闷又热，他不舍得回家。我表示了很多次要下车去乘地铁，他只是央求我再坐几分钟。我的额头上冒出了汗珠，他说空气中的香味越来越浓，他终于抑制不住，越过中央的扶手，吻在了我的嘴上。

我知道那一刻迟早会来，但我还没想好怎么应对，我不反感他，或者说我钦佩他仰慕他，但是我还谈不上爱他，我刚还在给新的准男朋友发微信，他已经在餐厅等我了。

吃饭时我问这个看着就很幼稚的男生："我身上有什么特别的香味吗？"他磨磨叽叽，终于放下手里的游戏，敷衍地把头凑过来闻了闻，说："你几天没洗头了？"

## 七、广岛

我们收拾行李离开福冈，前往广岛，在北九州转车。我曾经听人说北九州是个不错的地方，但是从车站看出去，它和福冈并没有区别，我也就没有了去探索它的心情。他这天心情很好，这是我们为数不多能够依偎着度过的整晚，他很满足，早晨一边刷牙还一边哼着小曲。

然而毕竟好景不长，从我们在北九州上了新干线列车之后，他的话就渐渐少了，只顾拿着手机打字。我问他有什么事情吗，他也回答得心不在焉，只说没什么要紧的。不一会儿他离开座位去洗手间，我看到他在车厢连接处打了很久电话，情绪比较激动。我大概能猜出当前是什么情况了。

每到这个时候我都不愿意去多想，我知道多出来的那个人是我，而不是电话那头的那个人。我没想过要去伤害谁，但是我难以控制住我想要得越来越多的念头。

他回来坐下，刻意找话题和我攀谈，我并不太想接话。

列车抵达广岛，他帮我提着行李，我们走了一小段来到酒店。这里光线明亮，街上的人比福冈要少很多。原本我并不想再到一个被原子弹轰炸过的地方游览，但是毕竟广岛就在我们去东京的必经之路上，没有道理刻意去避开。

放下行李，他提议先去这里的博物馆看看，我摇了摇头。阳光从窗外照射进来，房间里整洁明亮，我不想浪费这好时光。我扑到了他身上。

傍晚时分，我们坐在这个世界上第一颗原子弹落下来的地方，看着河里缓缓流淌的水，听着河边的日本少女弹着木吉他唱着歌。远处的有轨电车每隔几分钟经过河上的桥，不发出一丝声响。原子弹轰炸过的旧银行大楼废墟，在灯光照耀下静默地见证着历史。七十年的光阴一晃而过，这个城市除了这一处废墟之外，都已经变得焕然一新。

"我们可能……不能去东京了。"他组织了很久的语言，再轻松地脱口而出，有些刻意。

"怎么了，你要回去了？"

"我……"他抿了抿嘴，接着说，就像是鼓起了很大的勇气，"我家里有点事情，我得赶紧回去处理。"

"我猜到了，你在新干线上打了那么久的电话。"

他不言语。

我接着说："那你先回去吧，我自己去东京。"

"那怎么行，你一个人去，我怎么放心得下？"

"不就是东京嘛，日本这么安全，我应付得来。"我确实不担心安全问题，西班牙、意大利我也自己去闯过，日本简直比北京更安全。

"对不起。"沉默了一会儿，他轻轻地说。

"没有什么对不起的。其实你都可以今天晚上就回去的。"

"那怎么行！"他的声音高了两度，"我都答应了陪你的。"

是的，原本我们计划第二天去广岛东边的鸟居，那个红色招牌立在浅水的海边，格外忧伤和孤独，我们之所以在这里落脚，并不是为了再经受一次核武器的轰炸，而是为了去看那个美好的东西。

"你答应过很多事，你都没做到。"我转过头，不再看他。

剩下的时间，我们就这么安静地听着吉他少女的清亮歌声，甚至都没有再依偎在一起。

温柔的晚风拂过头发，我不知不觉哼起了《广岛之恋》，这是一首有名的 KTV 口水歌，我之前没细想过歌词，但是刚哼出第一句，我就明白了，这是一首一夜情之歌。

"越过道德的边境……"

我们没有时间去看什么鸟居了，列车上我们都没再提到这件事情，我们在名古屋告别。我向他请了一个礼拜的年假，由不得他不同意。他临时买了机票从中部机场飞回北京，而我在车站附近找了一家吃鳗鱼饭的餐厅，据说名古屋的鳗鱼饭远近驰名，我一早就计划好了要来这里尝尝。

味道一般，可能是因为我边吃边流下了眼泪吧。


## 八、北京


"我真的得回去了，天都黑了。"他穿好衣服，急匆匆地收拾起来。

酒店的窗帘拉开，就能看到公司大楼。我们在下班前半小时一前一后进了房间，昏天黑地，不顾一切。这家酒店和我们公司有协议价，我们经常安排外地来的客户住在这里，酒店工作人员和我们也都挺熟。

106

当然，如果我们俩同时出现在酒店大堂，难免会被人怀疑。但是那又如何，那些人和我非亲非故，他们知道或者不知道，又有多大关系？

我没有打算留他，我知道不可能留得住，他总是要回家吃晚饭的。他的妻子厨艺娴熟，每天都会做好丰盛的晚餐等他。我就这么在被子里看着他，近乎发呆地看着他。我想我要点个外卖，我饿得不能动了。早知道下午运动量会这么大，我中午一定把那个三明治吃完。

"我走了，你待会儿怎么吃？"他走到床边，低头在我额头上吻了一下。

"不吃了，我不饿。"

"那怎么行，多少吃一点，楼下大堂吧的意面还不错。"

"好了，你快回去吧，别管我了。"我说，"晚了就要露馅了。"

"那正好，露馅了我就都招了。"他说，"正好离了算了。"

"好了，你快走吧。"

每次说到这个，他总是这么说，似乎他盼望离婚很久了。我不知道他说的到底是真是假，总之我觉得如果两个人正式结为了夫妻，应该不至于做得到说离婚就离婚吧？如果他对婚姻这么儿戏，那也不会是我能喜欢上的类型。也许他只是为了让我好受一点才故意这么说，然而我又多么希望他说的都是真的，至少这样意味着我们总会有结果的。

停住，我不能去想那么多。我不需要那结果，什么天长地久、长相厮守，都是假的。

"那我真走了。"他打断了我的思绪。

"你说，"我抱着被子坐了起来，"如果我们以后真结婚了，你会不会又喜欢上比我小三岁的女人？"

"瞎说什么呢？"

"是你自己说的，你第二个女朋友比第一个小三岁，你家里那个比你第二个女朋友又小三岁，我刚好比她小三岁，那以后你要是再找更年轻的……"

"不会的，你别瞎想了，你就是你，不是这么按岁数算的。"

我突然哭了出来。"你们男人都是这样，永远喜欢年轻的。女人多可怜啊，你老婆对你那么好，你只是觉得和我在一起有年轻的感觉……"

他放下包，过来搂住了我，紧紧抱住。我用力想推开他，我不想在他的外套上留下我的气味。他抱得更紧了，我根本推不开。

如果她闻到别的女人的气味，那岂不是正好加速了他们分开？这样的结果不是正合我意吗？

不能，我不能这么坏，我不是个坏女人。

## 九、东京

繁华的东京，这真是我能想到的最繁华最漂亮的城市。

从新干线开过富士山之后，我就一直在想象东京的模样。富士山山麓整个被笼罩在厚厚的雨雾之中，什么都看不见，于是我只能在空荡的车厢中开始想象东京。我去过纽约，去过巴黎，当然也去过上海，这些地方繁华，但是似乎缺少一些美。无论我怎么想象东京，当我经过横滨来到品川，再转JR线到涩谷站下车时，东京还是与我想象的完完全全不一样。

它一如既往地干净，我是说，和福冈、广岛一样干净，天空清亮，建筑又不会给人压力，各色的霓虹招牌也不会让我慌乱。街上的行人整整齐齐，没有脏兮兮的深色人种，也没有贼眼溜溜的不法分子。唯独那些发型招摇的年轻人让我倒吸冷气，我以为这些杀马特早已经过时，原来东京的年轻人们把它发展到了更精致的阶段。

我在涩谷的闹市边缘订到一套非常不错的民宿，这是我在新干线上抱着手机精挑细选得来的。从涩谷中心的大路口走到住处差不多要十分钟，如果不是路上行人太多，或许还能更快。这是一套小复式，在一栋矮公寓的顶层，进门是洗衣机、厨房和小饭厅，小楼梯上到阁楼，就是铺在地板上的床垫，旁边是洗手间，洗手间倒是比较宽敞。床垫的南边是一面落地玻璃，推开玻璃是一个不到一平方米的小阳台，正好放一把椅子，没有任何多余的空间。天气好的时候在这儿看看书倒也不错，但是我想那种感觉或许就像一只野猫懒洋洋地趴在屋顶上。

房间我很喜欢，闹中取静，即使身在阳台，也听不到几百米外涩谷的喧嚣吵闹。街道干净整洁，邻居们都没有声响。我很想在这儿多住几天，无奈这套房只有两天的空档，其他时段都已经订满了。这也就意味着，过两天我要么离开东京，要么搬到新的住处。

好不容易来了一次，我真想一个人好好感受这里，我不想只待两天，这里可是东京啊。

逛书店，逛手工店，买衣服，买护肤品，买各种小玩意儿……我在东京的第一天就像所有中国游客一样，走断了双腿，但是丝毫不觉得累。一天下来发现买的东西也不算多，毕竟积蓄有限，不敢大手大脚，购物清单上的很多东西在东京买能便宜特别多，但最终还是没舍得下手。从银座到代官山，从原宿到新宿，每转场一处我都找个咖啡馆或者甜品店休憩一会儿。自打离开校园，我已经好些年没这样痛快地玩过了。

唯一美中不足的是，没有任何朋友陪着，更别提男朋友了。因为语言障碍，我能和日本店员说的仅仅是"您好""谢谢""再见"这几个词而已。店员们都十分热情，噼里啪啦说个不停，介绍各种东西，根本不管我是不是能听懂。日本终究是一个能让游客很舒服的地方，不管你是不是真正受欢迎，至少他们表现在面上的都是非常非常喜欢和尊敬你。真诚也罢，敬业也罢，虚伪也罢，我宁可大家都开开心心、和和气气，反正真实想法到底是啥，别让我知道就好，既然我不知道，那也就权当没有那档事了。

晚上我拉开窗帘枕着夜空睡觉，阁楼的屋顶倾斜，躺在洁白床单上我就能看到星空。虽然近地处有一些灯光污染，但是完全不妨碍我看到明亮的星星。同样是大都市，这里为什么就比北京清净那么多呢？

在涩谷的第二天早上，我起了个早，在住处附近溜达了一圈，向遇到的每个人鞠躬说"哦哈哟（早上好）"，就仿佛我是这里的居民一样。西边的斜坡往上是涩谷的邮局，两个大邮箱摆在大门口，我突然想到，很久很久没有动手写过信了。

这天剩下的时间里，我都在房里的餐桌前趴着，一直到收拾行李离开这座房子，我都在写着一封信。这封信是写给迟北川的，借由这封信，我也更加了解了自己，了解了处在这个漩涡中间的我们。我不会把信的内容告诉你们的，那些太私人太情绪化，但是我想你们都能明白，在意识清醒时，我是能够有条有理地把事情想明白的——毕竟我是个理科生。

这封信在三天之后会摆在迟北川的办公桌上。我查过了，中国邮政的 EMS 从东京发到北京的信件就有这么快，快到我都来不及改变主意。

把信贴上邮票（这里把邮票叫作"切手"），深呼吸，扔进邮筒，我也就该离开涩谷了。这个地方不错，最适合在喧闹中寻找自我了。

## 十、北京

"我们这样到底算什么？我觉得自己很下贱。"

迟北川把我紧紧抱在怀里，阻止我继续说下去。

"我真的觉得自己太下贱了，有一个条件那么好的男生对我唯命是从，求我做他女朋友，而我居然对他不理不睬，在这儿低声下气地求着你不要走。"我再次说到"下贱"这个词时，眼泪已夺眶而出。

"你不下贱，下贱的是我。"他也哭了，"我从来没想过事情会变成这样，我太失败了，是我对不起你。"

"你哪里失败了，失败的是我。起初你开始对我表露心迹，我还想着怎么去拒绝你，怎么可以让你死心，谁知道现在我自己根本就无法自拔了。"

他在房间里踱起步来，他拉开窗帘，窗外阳光灿烂，照耀着他健硕身躯的轮廓。他试着转移话题，桌上电脑还开着静音了的电话会议，参与会议的其他地区的同事根本不可能知道，会议的这一头，阳光明媚的礼拜一上午，两个狗男女正从床上爬下来。

"我买了一只狗。"他说，"礼拜六买的。"

说罢他掏出手机，翻出照片给我看。

"我知道，你发朋友圈了。"我说，我原本不想提及这事，"你给她买的？"

"路过看到，她很喜欢，就买了。最近她精神状态很不好，开始脱发，睡不好，吃不下，买了这只狗之后似乎好点了。"

"我以为是你拍的别人的狗，或者路上遇到的狗，没想到是给家里添了'丁'。恭喜了。"我那时候一定是在冷笑着的。

"你别这样说话，我听着难受。"

"你刚才说那些的时候，我听着就不难受吗！"

又是一段时间的沉默。

沉默之后，是我先开口了，我的态度尽量软化："你们如果离婚了，那狗归谁呢？"

"当然归我啊，我买的。"

"你就不怕她没了你又没了狗，会接受不了去寻短见吗？"

"一只狗而已，不至于。"他接着说，"当然，如果狗跟着她，她会更容易接受一点，那我给她就是。"

我很想大喊一声"不行"，但最后我还是很轻声温柔地问他："狗挺可爱的，我也想摸摸它。"

"那过两天我带到公司来，给你玩玩。"

"它不会咬我吧？它万一和你老婆心灵相通，一定会恶狠狠地咬我的。它是男孩还是女孩啊？"

我似乎一直故意把自己放在一个卑微的角色上，因为我非常清楚，在这重关系里，我就是那个最被嫌弃最被鄙视的第三者，无论从哪种眼光看，我都是十恶不赦的人，我都是应该尽快退出的那个人。如果这叫作自知之明，我一直很卑微地保有这样的美德，或许这是我最后能做到的一点，那就是不要主动去僭越，无论内心有多么想去这么做。

"你是不是……不想和她离婚了？"我突然情绪很糟，"如果你真想和我一起，你还买狗干什么……"

"会离的，真的，这不是有没有你的问题，也不是要不要和你在一起的问题。我和她本身出了很大的问题，不能沟通不能理解，不管有没有你，我们都要离婚的，迟早要离婚的。你别想太多了。"

"那你离婚了就会和我结婚吗？"我哭哭啼啼。

"我一定会离婚，但是离婚之后和谁在一起的问题，等离了之后再说，一步步来。"

他永远是那副领导的模样，他有主动权，他有他的计划，到后来，我也知道，他也有他的机动性。

我们收拾好了东西，把电脑装进了包里，最后拥抱了一下。接下来我先下楼打车离开，他再下楼去退房。

我把打开了的门又关上，转头问他："你看过渡边淳一的《失乐园》吗？"

"也许看过，不记得了，说两个已婚的人出轨的是吗？"

"对。你知道这两个人的结果是什么吗？"

他明显不知道，但是他猜了个结果，他说："不得好死呗。"

"要不我们就一起去自杀吧。"我说。

他打开门，把我推到门外。"好啊，我正有此意。我们就一起找个地方去死，跳楼也好，跳海也好，跳楼太丑了，还是跳海吧。"

他笑着关上了门。我也笑了，我为什么就这么喜欢他这样一本正经地胡说八道呢？

# 十一、东京

我搬到了六本木的一家民宅，这个住处的环境比涩谷的新房子要差很多，由奢入俭难，我甚至怀疑这个街区和这栋楼是不是安全。听说六本木的外国人很多，我才选择了这里。但是没想到出地铁之后看到的就是三五成群的黑人，地铁站十字路口最引人注目的建筑就是警视厅。

六本木是个看展览的好地方，很多美术馆和博物馆都在这附近，走着就能到。除了常年的机器猫哆啦A梦展之外，还经常有一些日本设计大师的作品展。一天下来随意看了几个，起初觉得新鲜，但是看多了似乎都是一个味道，日本风格的现代设计其实都是极简风，对于张扬颜色和鲜明符号的组合运用，甚至都可以总结出一些规律和方法。我发现日本的设计和日本的建筑以及服装都有一些共性，那就是乍一看到会被惊艳，但是看久了之后寡淡无味。正是因为生活的无味，日本人才天生习惯向内挖掘，一部分人因此变得自闭，另一部分人能够常常自省。

我想我还不具备分析这些的能力，所以展览看看就好，商场逛逛就好。但是有一个地方是不能错过的，那就是东京塔。日本似乎有不少座红白相间的卫星信号塔，而东京塔毫无疑问是最大的一个。我在傍晚时分登上东京塔，看着夕阳染红了这个城市，那一瞬间我感觉身边都沉寂了下来——尽管我的左右都挤满了游客。

当我自然而然地哼出"在东京铁塔，第一次眺望"的歌词时，我的眼泪就那么滑落下来了。

我终于到达，却更悲伤。

电话响了，东京时间傍晚七点，北京时间六点，马上是下班时间。

"怎么样，这两天都去哪儿玩了？"他在电话那头问。

"看展，逛街，台场看高达、坐摩天轮，看东京塔，就这些。"

"没去茑屋书店？"他问。

"还没去，在代官山？"

"对，地铁可以直接到。

"天空树去了没？"

"没有，但是我现在能看到。"

"你现在在哪儿？"

"我就在东京塔上。"

"难怪，那儿朝北是可以看到天空树。不过它不像东京塔那么好看。"

"是的，很容易被忽略，没有颜色，只是高而已。"

我们沉默了半分钟，我能听到电话那边轻轻的呼吸声，这个声音就在两天前还在我的枕边。

"她都知道了。"他说，"她看了我的手机。"

"你不是都删掉了吗？"

"在福冈那几天的忘了删，因为后几天也一直在外面，所以完全忘了。"

"她怎么说？"我现在特别关心他的妻子知道这些事情之后的反应。

"就是一直哭。"

我沉默了，这种状况下，我不知道该以什么样的态度来说话。

"我……"他刚想说什么，我便激动地打断了他。

"既然她知道了，那你不是应该顺水推舟，就此离婚吗？"

"你别着急，得一步步来。"

"还等什么？"我呼吸急促，声音大了起来，完全忘了我现在置身于游人如织的东京铁塔上，"之前不是你说的，如果她知道了我们的事情，你就和她离婚吗？"

"是，是我说的。但是还得从长计议，不能这么草率就离了。"

我觉得很讽刺，我摇了摇头，我知道再如何摇头他也看不到。我的好姐妹说的没错，这个男人是不会离婚的，不会因为我而和她的结发妻子离婚。他之前说的那些，什么要和我在一起，什么要和她离婚，什么他爱我，他有多爱我，都只是骗我的。

"你不会离婚的，是吗？"

"你什么意思？"他有些愤愤，"难道我是玩弄你的感情吗？我说过我和她一定会离婚的。"

"那现在既然都已经暴露了，你还要等到什么时候！"

"你别激动，你淡定点，事情不是你理解的那么简单……"

没听他说完，我已经挂了。我泪流满面，在一个无人的角落里蹲了下来。电话又响起，我拒接，并且打开了飞行模式。

这一刻我的心情复杂到难以描述，我破坏别人家庭的事实已经构成了，其实早已构成很久了，但是直到这一刻，它才被坐实了，受害人知道自己是受害人了。但是，受害人只有一个吗？

## 十二、北京

"到时候去日本出差，我安排一下，你也去。"他把我拉到会议室，告诉我这个好消息。我们今年的亚洲区培训地址选在福冈，具体去参加的人，都由迟北川来挑选。

"福冈？有什么好玩的？印象中从没听说过福冈有什么值得去的啊。"能跨国出差我很高兴，但是福冈毕竟不是东京。

"管他有什么好玩的，我们能有多少机会这样在外面一起过夜？"

"你就想着过夜过夜，满脑子都是这些。"

他把车停在一处偏僻的路边，这个角落刚好能晒着太阳。正值初春，每一丝阳光都显得那么宝贵。最近每天和同事们吃过午饭之后，我们两个人就偷摸出来转转，也不为了什么，只是找一个能晒太阳又没有风的地方，聊聊天，就这么单独待着，什么都不干，就挺好。

背光，阳光照在他的眼镜片上，晃着我的眼，我便只能看到他脑袋的轮廓。他捂着下巴，看着窗外发呆，而我就这么看着他发呆。在这样的眩晕中，我昏昏欲睡。

真好，在每天应接不暇的繁忙工作中，还能出来睡个午觉，不用在格子间里趴在办公桌上凑合。

"你说这些人，忙忙碌碌的，究竟为了什么呢？"他看着窗外那么久，突然说出了这么一句话，"也不知道他们幸福不幸福，或者是看起来不幸福，其实自己觉得幸福，也或者是看起来幸福，其实内心苦得和我一样。"

"你到底睡不睡啊，想那么多干什么？"我说。

"我只是在想，我们这样活着到底对不对。"

"没有对不对，做好手上的事，赚钱买喜欢的东西，每天都开开心心，这就是生活，生活不就是这样吗？"

"不是这样的，我总觉得不该是这样的。"他摇了摇头。

他分析起事情来总是有种哲学味道，然而大道理听着让人头大，不如放空自己埋头干活来得容易。我比他小很多，我没有资历和他讨论这些东西。我只知道，好不容易有了一份好工作，我要珍惜机会，要好好学习，要不断提升，这样我才会更有价值。直到我成为公司里或者行业里不可取代的人物，我才有资格去思考超越工作之外的东西。正像他这样。

"你说我们做的这些东西对吗？"他问我，"我们研发那么多消耗人们时间的东西，把它们扔到市场上，我们赚钱了，但是大家的时间都浪费到这些可有可无的小游戏、小软件上，就这么一点小小的满足，他们就这么愿意买单？"

"人和人不一样吧，绝大部分人活着就不知道怎么才能消磨掉时间，一天怎么过都过不完，不打打游戏怎么行？"

"但不是有很多有意义的事情可以去做吗？"

"什么事？什么事真正有意义？找小三啊？"说完我把头偏到一边，不再理他。

"我是觉得，一个人不需要总依赖别人活着，就算是自己一个人，一直一个人，也可以好好活着。人为什么要给自己添加那么多责任？即使明知道自己扛不了责任，但是迫于父母的压力和社会的压力还是要扛下来。我觉得如果可以的话，很多人是想逃避责任的，两个人在一起，起初幸福，就能确保以后一直都幸福吗？开始的时候合拍，就能保证今后几十年都一直合拍吗？这简直荒谬。"

"你不像会有这种自私想法的人。"

"我不觉得这是自私，这是理性分析。人就是因为有感情、有感性在左右自己，所以不能做出在逻辑上正确的选择。当然，我也就是说说，真让我去做些什么，好像也不太容易下手。"

"你是不是不想离开她了？"我好像感觉出了什么，"你不用绕这么大弯子吧。"

"不是，这是两码事。我和她，我觉得早就到了不可调和的地步。"

"那你好像对我们俩也没什么好的期待。至少听你刚才说的就是这个意思。"

"我觉得我和谁在一起，都是祸害。"他叹了口气，"我就是个自私的人，也是个负不起责任的人。"

"我不要你负责任，我清楚我自己的选择。到时候你不想和我一起，就直接告诉我，我不会勉强你的。我不要你负责任。"

那一刻我清楚，他不会要我了，他不是嫌弃谁，他只是不想和任何人绑在一起。他要的只是他自己，他连自己都伺候不好，更没有把握伺候好另外一个人。我想我只是让他在情绪低落时从生物本能上有了唤醒的感觉，在他头脑清醒、状态可控的时候，他谁都不需要。

那我呢？我又到底是因为什么，才死心塌地跟着他？我知道他一直很照顾我，这种师长一般的感情，我一直特别感激。但是和我之前的任何一个男朋友比起来，他更有一种强大得无法拒绝的吸引力。这个人想的东西和其他人不一样，他有时候特别成熟，商谈起正事来简直世故，但是他大部分时候又特别天真，特别幼稚，不知道是童心未泯还是刻意保持童心。我时常听他哀叹年轻真好，仿佛他已经不再年轻。但是和公司里其他人比起来，他无论是着装打扮还是行为动作，都已经年轻得不能更年轻了。如果他像其他那些三十多四十岁的人一样，衬衫西服，皮鞋锃亮，每天握手名片，装腔作势，一个黑色真皮包，或者一个有着瑞士十字架标志的双肩背包……我简直不敢再想象下去。虽然他的发际线也已经靠后，但是我们在一起的这半年，我似乎感觉他的头发比以往浓密了许多，当然，这可能只是心理作用。

"该回办公室去了，我两点有个会。"他说。

"那走吧。"我把腿从前风挡玻璃上放下来，调直了靠背。

"我刚才是随便感叹的，随口说说，你别瞎想。"

他想多了，我是最不擅长瞎想的人，我过目就忘，进耳就出。

## 十三、东京

我原本打算从东京继续坐火车北上，从地图上看的话，下一站就是福岛了。

除了核泄漏，福岛还有什么？天知道，尽管我很有好奇心想去探访一下核电站现场，或者只是到附近看看，但是执行起来似乎异常困难。我在朋友圈表现出来想买一些轻便仪器去福岛做个数据实验，亲朋好友们的留言瞬间把我淹没了。很多人出于关心劝我千万别去，家人们苦口婆心甚至翻脸让我赶紧回北京，他们说不光福岛，连东京也不安全，说东京同样在辐射范围之内。

我不想一一回复这些无知但是充满关怀的话，只得把发出去的朋友圈删了。大家对于辐射过于敏感，甚至认为只要是辐射就是超标的，只要是辐射就是有害的，只要是辐射就是致命的。我学理工科这么多年，基本的物理常识还是有的，在东京这个地方，每个人日常受到的各种辐射不见得比几千公里之外的北京强烈。

然而我最终还是放弃了这个探险般的计划，一方面我不想触犯本地法律，我根本不明白会有些什么法律限制；而另一方面，我找到了一篇中文写的报告。原来不久前已经有中国人这么做过了——他们带着几种不同的辐射实验仪器，从东京出发一步步接近福岛，千方百计绕开隔离区围栏，一直到达了离核电站只有十公里的地方。实际测试数据表明，辐射值在离事发地四五十公里处时才逐渐增加，即使这样，走到十公里左右的范围内仍然是比较安全的。附近的植被也同样没有遭受损害，那距离福岛几百公里的东京，更是丝毫不受影响。

在东京已经待了四天，迟北川每天给我发消息，我渐渐地不再回复。我在户外时很少拿出手机来看，我没有日本的电话卡，数据漫游也贵，少看看手机也挺好的。他给我打电话，我也不太想接，我只想自己好好放松放松。每天早晨醒来我都以为自己会花上一整天的时间寻找让自己觉悟的方式，但是实际上我走出房门之后就融入了这个城市，什么都来不及想。

六本木的房间并不让人留恋，退房之后，我坐在楼下书店喝着咖啡寻找下一个目的地。我想离开东京了，但是还不想回去。要不，继续往北吧？去北海道。

东京有新干线列车前往本州最北边的青森，到了青森之后再继续换乘火车过海到函馆。从东京出发的夜班火车有很多选择，其中最奢华的是"仙后座"号寝台列车，寝台的意思也就是全是包厢卧铺。票价昂贵，但是房间设置特别好，完全按照美式风格设计，并且有专用的展望室，能够舒舒服服地坐着沙发看日本海和山林的夜景。我正蠢蠢欲动，打算咬咬牙奢侈这么一次时，却发现这班"仙后座"号列车并不是每天都发车，当天刚好没有。再一查，往后几天的车票也早已卖空，这趟列车席位实在有限，很可能需要提前几个月预订。

我踏踏实实地买了东京飞往函馆的机票，只花了"仙后座"号三分之一的价钱。动身去羽田机场之前，我去了一趟优衣库，我想我应该买几件厚衣服，毕竟晚上就到北海道了。

天黑之前，飞机在天空转了个弯，整个函馆山就在我的眼皮底下。隔着机舱，我仍然感觉到了寒意，裹紧了新买的薄羽绒服。眼下已经进入六月，算起来正值夏天，但是这件衣服穿着刚刚好，甚至可能还不够。

优衣库的衣服除了不太好看之外，其他都挺好，便宜。

## 十四、北京

"去冰岛？那么冷！"我十分诧异，简直震惊。

"对……其实也还好，毕竟是夏天去。"他支支吾吾。

从中国美术馆出来，我坐上副驾，他发动车子，他突然告诉我他打算六月底去冰岛，当然不是邀请我一起去，他和他妻子去。现在是五月，他们两个月前就已经订好了行程，但是一直拖着没告诉我。他说是他妻子和她的同事一起早就订好了的，不是他计划的，他说他现在只想上班，只想每天能出现在办公室，根本不想出远门。

"好吧，祝你们玩得愉快。"

"你不要这样。"

"我怎样了？难道我祝你们出去玩天天吵架不成？"

回公司的路上我们没再说话，我极力控制住眼泪。我没有办法理解，一个口口声声说夫妻感情不好，随时准备离婚的人，口口声声说着和我待在一起最满足的人，居然要撇下我出去旅行，去冰岛，居然还去半个月。

"我会等着你回来的。"我说。

"不然呢，难道你还能趁这机会跳槽了不成？"

"那等你回来了，我们能出去旅行一次吗？我要补上这一趟。"

他不吭声，过了一会儿说："我们不是下个月去日本吗，这算不算？我先陪你去玩，再去冰岛，你别生气。"

"去日本那是出差，当然不能算，去三天开完会就回来了，算什么旅行啊。"我有点恼火，这样糊弄我怎么行。

"那这样吧。"他也没犹豫，"我们请个年假，开完那几天的会之后，其他人先回来，我们俩去一趟东京，好好玩一个礼拜。"

我破涕为笑："一个礼拜，这么久！还有很多活要回来干呢！"

"不是你说的要旅行吗？既然玩，就玩个痛快。我是假期不够，不然玩一个月都行，东京待腻烦了去北海道，北海道还能玩上两个礼拜。"

"那倒也不用……"我满心欢喜地说，"一个礼拜就好了，我们可以一天二十四小时腻在一起了。那你这就是答应我了，不许反悔！"

"不反悔，等我们从东京回来，算算应该是再过一个礼拜我去欧洲，我不在的时候你就安心工作，别瞎想，等我从冰岛回来。"

"行吧。"我不太情愿地噘起嘴。

## 十五、北海道

是这里比较冷，还是冰岛比较冷？我也很想去一趟冰岛，等以后我存的钱多了些，我也去一次，我要他再带我去一次，冲刷掉他和她的记忆。

或者我自己去也行，我不需要什么人陪。在日本这种语言没法沟通的地方我自己也能玩得很好，冰岛还能说英文呢，我一个人也不会有什么问题。

在酒店放了行李，我在函馆街头漫步，这时不到晚上八点，街上已经没有人了，仿佛这是一座十九世纪就废弃了的城镇，没有高楼，没有人统治，也没有人收拾。

路过的一家小餐馆开着门，我对着日文的菜单随意点了些吃的。大叔热情地端上蔬菜天妇罗和冷面，这种地方还吃冷面，真是够有意思的。饭馆里只有四五张桌子，几个本地大叔大妈看着电视乐开了花。我也认真看了看，居然是日本节目组在中国天津录制的一期综艺节目，即便我能看懂内容，也完全不知道他们的笑点在哪里。

我沿着有轨电车的轨道往函馆山走，手机地图显示只有两公里的路，但是我似乎走了整个晚上。我原本计划坐车去函馆山脚下，但是在电车站就能看到笔直的主街两头，能看到往左两三公里远和往右两三公里远，也就是说，目前方圆五公里范围内，没有一辆电车在行使。说不定我走到了山脚，电车都没有来。

事实证明我的判断是对的，晚八点之后，公共交通就明显减少了。我孤身一人走到山脚缆车站，买票，上缆车，登顶。整个函馆的景致在我眼前徐徐展开，果然是全球最美三大夜景之一，街灯光线沿着海岸线先在我脚下弥漫，继而收拢在狭长的远方，而在更远处，灯光再次发散开，陆地变得宽阔，点点夜灯均匀地装饰着北海道的这个角落。函馆的房子都差不多高度，两层或者三层，仅仅在码头处有几栋高楼，或许是酒店。另外还有远处新建的 JR 站光亮比较强，除此之外，所有建筑的灯光都均匀而整齐，这些建筑的灯光和街上的微弱街灯一起构成了函馆独特又迷人的夜景。现在这个山顶的观景台上，满满都是人，发着幽光的缆车还在源源不断地运送游客上来，但是下山的人少之又少，似乎全函馆消失的人都被囚禁在了此处。我不愿和任何人分享这些，只是趴在栏杆上静静地看着脚下的壮丽。晚风越来越冷，我把外套的帽子掀了上来，脸颊有些刺痛，但是仍不愿离开。此情此景，时间就这么停止了该多好。

我拿出手机拍了很多照片，挑了一张最好的发给他，但是直到我下到山脚，他都一直没有回复。

我沿着小路往港口走去，函馆港边有很多旧时的西式仓库建筑。这种仓库在北海道很多地方都有，南边主要在函馆，北边集中在小樽。仓库鳞次栉比，大多被改成了咖啡馆和家居店，如果白天过来可能另有一番风味，可惜现在早就关门了，只剩门口的灯箱散发着幽幽的光。我走到水边的星巴克，看着里面的店员正准备打烊，就连买一杯热咖啡的机会也没有了。我拿出手机看看，已经九点半，他还是没回我消息。

木板制的码头边，有一个瘦削的年轻男人正在钓鱼，他的胡须好像很久没有打理，但还是一眼能看出不过三十岁上下。我打量着他，他看到我，微笑着点了点头，继续看着黑暗中的鱼漂。在北京，这个年纪的人应该正对着电脑写着代码或者打着游戏，钓鱼是中老年人的活动，而在这个地方，似乎任何人从事着这类活动都属正常。

我走到码头的另一端，免得打扰人家钓鱼，那个年轻人轻声哼着歌，我也哼了起来。当然我们互相都听不懂对方的歌，但是无形中似乎生出了一种默契，就仿佛我们是来自天涯的旅伴，在这个狭小的码头最终相遇。我探身去看水面，黑漆漆的一片，能感觉到脚底升起的寒意。如果从这里掉下去，一定死得很难看。我不会游泳，不知道是先被淹死还是先被冻死。这种死法太惨，我简直不敢往下再想。我抬起头，突然间一阵眩晕。

"嘿!"那个年轻人不知道什么时候走到我身后，他伸出一只手搭在我肩膀上，先是说了一串叽里呱啦的日语。

"You ok? ok? (你还好吗？还好吗？)"见我满脸困惑，他转用不太标准的英语问我。

我微笑着点头，表示我没事。我想他大概以为我是个要自寻短见的少女，因为失恋，或者因为别的什么。其实没有更多选项，毫无疑问是因为失恋。如果我从这儿跳下去自杀，他是唯一见证人，并且，他是唯一能救起我来的人。不过很可惜的是，我并不想去死，我虽然内心纠结困苦，但是还不至于伤感到要在这个陌生国度了结自己。我不过是把握不住自己的感情和青春，我不知道今后的路到底该怎么走，我不知道应该勇敢挑战世俗还是向世界妥协，我不知道他是真的还是假的，我也不知道我迷恋他究竟是真的还是假的。

"这只是一种依赖，并不是爱情。"我突然记起，他曾经这么对我说过。

年轻人见我状态正常，并且我也迈出了脚步离开水边，他点头致意后又回到他的钓竿旁边去了。而就在此时，我脚底一滑，再加上冷风拂过导致的晕眩，我摇晃着摔了下去。

此后几分钟的事情我已经没办法记清楚了，我看到他跑了过来，但是没来得及扶住我，我掉进了冰凉的水中。这水其实没有想象中那么冷，因为此刻我内心的恐惧更冷。我呛了一大口水，在我打算喊救命之时。我不知道该怎么踩水，没有人教过我，我四肢胡乱扑腾。

我不想死，我还年轻，我才刚开始我的人生，我还有工作没做完，我爸妈也都还年轻，我离开北京之前买的新包才刚刚送到家，我还没来得及用，我还要带礼物回北京给闺密庆祝生日，还有几个男生在追求我——他们并不都是一无是处。我还有很多选择，我不能就这么死掉。

在那只手从身后拉起我之前，我已经把脑袋浮出了水面。虽然这样的姿势并不好看并不标准，但是我想，我可能是会游泳了，就是四肢有节奏地划动，同时憋着气，直到嘴和鼻孔露出水面。我真的会游泳了，看来我天生就会，只是一直没有尝试过。

年轻人把我搀扶上岸，他的身上也都湿了，他车里有几件外套，给我披上一件之后，他自己也换上一件，他不停地用日语混杂英语和我交流，但实在障碍重重，最后我们确认了不需要去警察局，只需要送我回酒店就好。我非常感激，但是除了说谢谢之外，我也不知道该怎么表示。他眉清目秀，但是眼神黯淡，或许生活在这个地方的人安于平静而缺少激情，但是从眉宇中能看出，这是一个非常可靠的人。我们的手机防水功能都不错，还能正常使用。他打了个电话，驾车往市区方向开去。开出两个路口，他在一个女人身边停下，女人抱着毛巾和几件衣服上了车，他说是他的妻子。女人一边慌张地点头致意，一边把干毛巾塞给我，我再次擦了擦头发，然后紧紧包住自己。我终于停止了颤抖，直到这时，对于他们俩的感激才使得我终于哭了出来，我知道我是笑着哭的。

现在我在酒店一层的温泉里舒舒服服地泡着，几乎睡着了。从声音来判断，男汤那边似乎有不少人，而女汤只有我自己。毛巾顶在头顶，我还在回想刚才港口的那一阵混乱。我这样算不算是重新活过？我是不是该感谢上天给我的另一次选择的机会？

## 十六、北京

窗外树叶婆娑，正午的清风拂过，告诉我这是五月初的北京。

从小就有茂盛的法国梧桐在我的记忆中，童年所有美好的事情都发生在梧桐树下，都发生在阳光灿烂的日子，正如同今天，我们躺在一起。他已昏昏睡去，留下我独自品味这周末午后的悠闲。

中午和他见面之前，我和闺密姐姐去逛街买了新裙子，裙子是蓝色的，对夏天来说，它很厚，但是很好看，两千块钱，我似乎没太犹豫。姐姐听我说完这些事情，毫不留情地唤醒了我的美梦："这样的男人，是不会离开他的家庭的，他只是把你当作调剂，玩玩罢了。"

虽然我从没有过太多美好设想，但还是不太情愿相信她说的是对的。

我看着窗外的梧桐，从枕头的角度看过去，能看到繁茂的树叶直到树顶。风来了，它们摇曳，风停了，它们互相摩挲。时间似乎拆成了很多个十分之一秒，它们摇摆很久很久，时间也不会过去。阳光的刻度永远在床沿的那个位置，窗帘也配合着树叶，那么缓慢地晃动。

他突然醒来，看了看手机，说："我得走了。"

我没有动弹，嗯了一声。

"半小时到机场，时间差不多了。"他起身穿衣服，动作利索，"到机场我就不和你联系了，她那时候应该下飞机了。"

我知道，他今天要去接她回北京，她出差一天，我们原本昨晚可以在一起，但是他执意待在家里，以免半夜被查房，于是我们只能今天白天见面，这也是难得的一次周末见面。我就像永远被放在替补的位置，所有的时间安排都要根据他和她的时间来决定。

"嗯。"我回答。

"好了，别不高兴了。"他过来蹲在床头旁边，"看外面太阳多好，下午你干什么？还逛街吗？"

我突然狠狠地抛出了这个问题："你到底爱她还是爱我？"

"爱谁？你问这么幼稚的问题干什么？"

"我只想听你告诉我，你说，到底爱她还是爱我？"

"好，好，是你一定要我说的，我谁都不爱。我也不爱她，我也不爱你。"

"这是你的真心话？"我直直地看着他。

"就像你刚才说你喜欢五月初的风吹过树叶的声音，在我看来，那只是一种自我营造出来的感觉，它根本不存在，看不见摸不着。什么爱情啊，也就是这样的东西，它不存在，它只是你们女人想象出来的。人活在世界上不容易，活在北京更不容易，我不是三岁小孩，不能由着自己喜欢这样或者那样，我有责任，我不能去刻意伤害谁。"

"但是你在伤害我！"我真没用，我又哭了。

"你别这样，我们一开始就很清楚。我也不愿意这样对你，但是你得给我时间，我会处理好和她的事情的。"

"时间？那到底是多久？一年？两年？还是十年？等我五十岁吗？等你们有了孩子吗？"

"我会很快离婚的，真的。"

"我不信。"

他沉默了，在房间里踱着步子，不知何时他已经穿好了鞋，只要打开门就能出去。

他终于开口："要不，我们分手吧。"

我冷笑着，我简直不敢相信，半个小时之前我们还在缠绵。

"好，你走吧，你走了，我就去死。"

"别犯傻，因为我？不至于。"

"不因为谁，我就是觉得活着没意思。"

"你不要乱来。我还觉得活着没意思呢。"

"你多有意思，家里有个老婆，外面还养个小姑娘。"

他走过来似乎要咆哮，但是又止住了，他趴在雪白的床单上，把头埋在其中，抽泣了。

"我能有多少意思？被困在不喜欢的婚姻里，她家人对我那么好，她和我爸妈相处得也很融洽，她对我呼来喝去，不管怎样我爸妈都帮着她，我早就没有生活的激情了。工作永远是这些收入，不会变少，变多的也都扣了税，生活一成不变，每天吃饭、睡觉、起床、上班，没有任何新鲜事。对公司做不了大的贡献，对社会更做不了贡献，我们读书时都以为自己能出人头地大干一番，到最后不过是个螺丝钉而已，而且这个螺丝钉一点都不关键，你在不在座位上老板根本不关心。你要说地位，有一点点，面子，有一点点，钱，有一点点，但是在北京这地方，比起那些真有钱有地位的，我们这算得了什么？只不过是刚好勉强地活着，勉强到连孩子都不敢要，生孩子、养孩子、幼儿园、小学、学区房、保姆……这得多少钱才够？多少钱都不够，都要扔到这个无底洞里去。男人的乐趣就是买点数码产品，玩玩没意思了卖掉，女人的乐趣就是买包、买新衣服，多少钱才够用？多少钱都不够用。如果这个数字有个限度也还好，但是并没有这个限度，我们付出所有的时间和精力，都在做一些没意义的事情，你知道吗？上班，没有意思，工作，没有意义，做的都不是我真想做的事情，都只是在帮别人完成某件事情的一个部分，结果是好是坏，和我的关系都不大，这样的生活有什么意思？你告诉我啊！"

我不吭声了，我也不哭了。待他呼吸平缓了，我坐起身，伸手摸着他的头发。和我刚认识他时相比，他的头发好像又变少了，或许再过两三年，他就会变成和我父亲一样的发型，那是个真正的中年人的模样，而这个中年人，如今趴在我的被子上，他在哭。

生活究竟是什么样子，我还不太清楚，周围的人都在工作，都在努力赚钱，但是我头一次知道，原来赚钱是没有用的，赚多少钱都是不够的。

"你该去了。"我摸着他的脸，"快去吧，我没事了。"

他抬起头，深呼吸，眼眶还红着。

"你这样，待会儿看到她怎么解释啊？"

"我就告诉她，告诉她我和你在一起，我要离婚，我要过我的新生活。"

"别唬我了。"我笑了。

"我说真的。我待会儿就说。"

我既希望这是真的，又不希望这是真的。我或许有运气能得到结果，但是我不想变成一个被人唾弃的小三，我也不想给他的家庭带来麻烦。

"你就说，你太想她了，开车接她的路上想着想着就哭了。"我说，说得很轻松。

"瞎说什么啊！"

"去吧，快去吧。不然接不到，就得吵架了。"我推推他。

## 十七、北海道

我在函馆JR站把毛巾和衣服还给了前来送我的年轻夫妇，登上了北去的列车。路边是无穷的树林和花海，仿佛这是一条通往远古森林的道路。我倚着车窗看了一下午风景，已经浑然忘记了时间的存在。在洞爷站停车时，一位背着书包的中学生上了车，我坐着的是他的座位，我的座位靠着过道，他举起车票给我看，我马上把窗户边的座位让给了他。他的母亲在站台上向他挥手告别，我想起了我离家读大学时的场景，不由得鼻子一酸。

接下来的半小时里，中学生一直偷偷打量我，我也偷偷打量他。车厢后部有一个台湾旅游团，大家一直喧闹不停。相比起来，车厢的前半部要安静得多，我身边的人要么看风景发呆，要么埋头看书，或者睡觉。我还是看着窗外，玻璃窗能映出中学生的脸，似乎他也从玻璃反射中看着我。突然他站起来，示意我坐到他的座位去，我摆手拒绝。他执意让我过去，我拗不过，点头说谢谢，他也点头微笑，但是并不作声。我想他对于这一路的风光应该已经非常熟悉，这是他上学和放假回家的路，树林、野花、河流、海洋，他应该都如数家珍，而对于我这样的游客，他一定想尽量展示家乡的美景给我，这种感情中一定饱含着自豪。

经过了洞爷湖，经过了登别，经过了苫小牧、新千岁、千岁，列车驶入了札幌站。我听说札幌常年飘着大雪，而我来到这里的时间是六月。

我在空荡荡的札幌主街上拖着箱子，太阳刚刚落下，街上行人稀少，仿佛夜半时分。我订的住处离车站两公里多，天气还算不错，我可以慢慢走到那里，就当顺便逛一逛这个城市。我想我应该冬天再来一次。我看过其他朋友来这里的照片，都是大雪纷飞，街上积雪足有半人高，而此刻这里什么都没有，了无生趣。突然下起了小雨，街上的人都消失了，唯独我一人向前快速赶着路。坦白说，我好像不喜欢这里，但是今晚要入住的民宿我订了两晚。

房间没有任何惊喜，是一栋酒店公寓中的一间，书桌、床、洗手间紧紧地挤在一起。我以为北海道的地价比东京便宜很多，房间自然应该大很多，但是实际上似乎并不这样。回想头一天在函馆的酒店确实不错，房间宽敞，有阳台，有温泉——我应该多住一天的。

房间其实有惊喜：窗户关不严，因为空调的风管从窗口伸了出去。我探头出去，墙外是一个窄窄的屋檐，也许为了维修管道方便，这屋檐似乎能走人。我的房间在五层，不高也不低，也罢，先将就着睡一觉吧，我也已经很累了。但是洗过澡之后，我突然发现房间里并没有无线网络，我用手机流量登录上 Airbnb（爱彼迎），仔细查看我的订房信息。确实，房主并没有说他的房间包含无线网络。

我有些吃惊，如今谁家还不能上网？怎么会有不提供网络的客房呢？我联系房主，表示想退房换地方住，然而条款中明确写着退房不退钱，房主也不太搭理我。好吧，既然这样，算我吃亏，等天一亮，我就搬走，不退钱就不退钱，我得找一个窗户能关严并且能随意上网的住处。

那一觉睡得比我想象中踏实，一大早电话响起，是迟北川。他问我为什么不回他消息，我告诉他房间没有网络，为了省流量，我就没多上网。他说他出发去冰岛的日期提前了，明天就走。

我告诉他我来札幌了，不打算这么快回去，我没有告诉他我掉进海里的事情，我觉得从水里游起来的那一瞬间，我已经是我自己的了，我已经把自己还给了自己。

"你去吧。我们也该结束了。"

"是，我知道我们该结束了。但是，你等我回来，我们好好说清楚。"

"没必要，我想清楚了。"

电话那边是很长时间的沉默。

"你根本什么都不明白。你是不是怪我不离婚？我以为你能理解，我这个时候不能离开她。"

"我是爱你的，我很明白，我知道这不是依赖，我是爱你的。但是我们不能继续了，就这样吧。"

"那你说完了吗？我可以挂了吗？"他有点着急，又有点生气。

"那你挂吧。"我说。

他真的挂了，我举着手机，听筒里只有嘀嘀的声音，窗外的凉风从关不严的缝隙中闯了进来。

我拖着行李，往北走，走向札幌站，我这时才发现每个街口都有地下通道的入口，我乘着扶梯下去，宽阔的地下街道在我眼前展开——昨天我没见到街上有行人，原来他们都在地下走着，地上的街道有多长多宽，地下的就有多长多宽，还有比地上更多的商铺。此刻这里人山人海，而三米高往上的路面上只有很少的人和车辆在穿行。札幌的秘密原来在这里，为了应对常年的大雪，这样的地下道路再适合不过了，我恍然大悟。

列车向西北方向行驶，不一会儿来到北海道的海岸线。一望无垠的蓝色席卷而来，这样的冷色调让我异常冷静，就在今天早上，我和他分手了。他说只要看不到我，闻不到我的香味，他就能控制住自己。如果我们一直在一个办公室，我们就没有办法"痛下杀手"。

　　我走出小樽站，似乎听到了远处的音乐盒清亮的声音。我在车站不远处的酒店寄存了行李，酒店的设施比民宿好太多了，真正有了宾至如归的感觉。我两手空空地走下斜坡，道路两侧一如既往地有着北海道式的冷清，而一旦转向去了商业街，顿时就听到了欢声笑语，如织的游人也出现在了眼前。

　　小樽以玻璃制品和音乐盒见长，琳琅满目的吹制玻璃让我挑花了眼，然而带回去却是个麻烦事。我知道像我这样大大咧咧的人，玻璃罐放在箱子里一定到家就碎了。于是我买了些木雕，又买了个72音的音乐盒给闺密当礼物。商业街上的店铺比游客还多，每家店铺的货品居然都不太一样，我都忘了我是个刚失恋的人，全心全意沉浸在寻宝的状态。

　　我提着战利品放回酒店，房间已经收拾好可以入住，宽大的床，高速的网络，推开窗就能看到远处的海面。我打算再去海边走走，还要去看看慕名已久的小樽运河。

　　遗憾的是运河比我想象中短太多，也许它不止一百米，但是绝对没有两百米。窄窄的河道，就像北京的亮马河，甚至比亮马河还窄。河边是一排爬着藤蔓的老旧仓库，河面上的游船载着外国客人往返观赏，每趟游船的游览时间至多十分钟，已经足够他们一个来回。我找出我保存的冬天小樽运河的照片，白雪茫茫，和现在相比简直不是同一处地方。

　　当然，这里还是很美，河水清洁，藤蔓顽强，蜿蜒的河道就像有它的生命，生命虽然卑微，但是依然有它的骄傲。

　　我在运河对面的寿司店坐下，要了个靠窗的座位，这样我能边吃饭，边看着运河以及运河远处的大海。这个小城简单又干净，没有任何多余的东西，甚至还少了很多该有的东西。尽管时常有大货车在运河边的主干道上飞驰而过，但完全不影响我对这里的喜爱。

我打算在这里多待两天再回去，他后天就出发去冰岛了，我再晚一天回去，这样我们刚好不用再碰到。我回北京就辞职，我不想再继续这份工作，当然我也并不想再找一份工作。我想离开北京，去真正感受这个世界。到了最后，他至少在一个方面影响了我。他告诉我人生的意义不在于卖力工作，工作只是糊口和满足物欲的基础。如果能压制欲望，人又为什么要融入人群中去工作？我还不知道我的生命意义在哪儿，但是我非常肯定，它一定不在北京那些格子间里。

我看着窗外的运河，想象着那样的画面——太阳出来，雪正融化，时间过去，万物复苏。我还只有二十七岁，我的一切都还未失去。这个故事就到这里结束，谁都不要再去怀念，它也许值得，也许不值得，但都已经是过往的尘烟了。我很好，希望你也都好。

*Lost in Iceland*

# 4

## 信

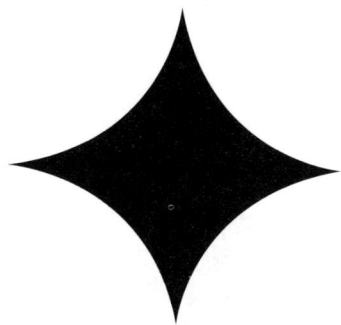

我不会再去崇拜那些离我太远的人，
我应该和一个能够并肩携手的人
一起寻找过日子的办法。

手宮線跡地
from 1880 to 1985

近代化産業遺産

Welcome t

" 这不是
遗书，
只是
表个
态度。"

嘿，北川，当你看到这封信的时候，我们可能再也见不到了，希望某天在街上偶遇时，我们能简单地一笑而过，不要尴尬，也不要再叙旧了。我这么说，是希望你知道，这不是遗书，只是表个态度。

我很少很少写信，在我们这个时代，没有什么事情需要写在信纸上来说明，除了需要盖章的那些文件。你曾经和我讲你给女朋友写过的信，虽然字很丑，但是她看哭了。我听着觉得很好奇，又很遗憾，没有人给我写过情书，我也没有给任何人写过，我收到过最正式的表白是写在卡片上的几个字，没有更长的内容了。我很羡慕你的女朋友、你的妻子，甚至嫉妒。她们能收到几千字甚至上万字的情书，而我从来没有过这样的待遇。

我现在在东京，写这一部分的时候在东京。我们约好了一起来东京，最后是我一个人来了。东京挺好的，不过其实也没有那么好，很新鲜，但是也很寂寞，很无聊。我在文具店买了好看的手账和好看的信纸，所以就打算把它们用起来，在国内想买到合适的信纸不容易，希望你不会觉得这纸张太幼稚。我打算赶紧把信写完就寄出去，这样你在去冰岛之前应该就能看到。如果能看到的话，那么你这趟冰岛旅行一定比我的日本之行圆满很多，因为，我想就此和你分手了。

很难想象，前几天我们还相陪在彼此身边，我们还在名古屋依依不舍，如今我就已经下了决心，我们不能在一起了。不光是应该断绝关系，我们也不应该再见面了。我会辞掉现在的工作，换一个地方上班，或者出国读书，总之我们应该是不太可能见到了。如果这样说的话，那这封信应该还是在你从冰岛回来之后看到才更合适，不然你会不会

人在冰岛心却一直在惦记着北京的事情呢?

我这些天好好回想了我们之间的事情,从头开始整理了一次,让我更明白了为什么我们会越走越近。原本我只是把你当成领导,当成兄长,后来慢慢地依赖你,什么都想告诉你,什么事都想让你为我拿主意。我已经慢慢地把你奉作权威。你说什么都对,你说什么都是好的,毕竟你比我成熟那么多,你是个好人,所以你给的建议都是再正确不过的。但是不知从哪天开始,你在我心目中开始变得不那么好了。我觉得你亏欠我的越来越多,我想要的也越来越多。我们从这时候开始,就变得不合适了。你从一个好哥哥变成了一个渣男,虽然我不想把这个词用在你身上,但是我写下这些字的时候,真的是咬牙切齿。

如果你不能给我一个好的结局,为什么又要把我拖到这个坑里来?其实我早就确定了你不会给我好的结局,从你第一次抱我就知道。但是我恨自己不能自控,为什么我当时那么渴望?我真是太糊涂了。在我们刚开始的那段时间里,我总是反复提出分手。我知道结局会很惨,但是那时候的你态度坚决,不屈不挠,我似乎看到了一些希望,直到我被你完全征服了。我开始有了奢望,这时候的你开始往后退了,你不忍心伤害她,你说起了你的责任。

难道我就忍心伤害她?最无辜的人也许就是她,但是你在我面前把她描述得那么讨厌,好像你们之间所有过错都是她造成的,是她对你不好。事实真的是这样吗?我现在变得越来越不敢相信了。

迟北川,你大我八岁,你懂的事情比我多,你一定知道你放手去做的结果是什么。你害了我,你一定知道。当然,我并不恨这个开头,我只是恨这个结果。我希望不久之后我连这个结果也不用恨,那时候我就真的放下了,走出去了。但是在这之前,不经历恨你的过程是不

可能的，恨你是因为我还对你有感情。

　　我会好好谈下一场恋爱，让你失望了，我当然不会说"我不会再去爱了"这样的傻话。我不会再去崇拜那些离我太远的人，我应该和一个能够并肩携手的人一起寻找过日子的办法。我不能再像依赖你那样去依赖别人，依赖只会让我更容易受到伤害。

　　还是感谢你给我的一切东西，不管是曾经的建议和忠告，还是给过我的温柔，还有给我的伤害。这一年来，我经历了这辈子最快速的成长，你给过我的所有东西我都不会留着了，我会让它们沉到海底。

　　你过几天就要去冰岛了，其实冰岛我也一直很想去，但是当你告诉我之后，我都不愿意承认我想去了，我心里很不平衡。总有一天我会自己去的，就像现在自己在东京一样，我不需要任何人，我能独立自主。不知道为什么，我突然有一种预感，我觉得你们会在冰岛修复你们之间的关系，接着可能会变得更加亲密无间，同时我就完全变成了路人。你回归你的幸福家庭，我活该落得应有的下场。好吧，我祝福你们，毕竟你的幸福也是我曾经所希望的，我们俩之间有一个人能得到幸福，已经是非常好的结局了。不要让我看到你们的任何照片，不要回来之后在任何场合渲染你们精彩的旅行，算我求你了，放过我吧。

　　我一直不觉得我是个小心眼的人，但是现在我确信无疑，可能女人都是这样。其实你也是个小心眼的人，你看到有男生约我吃饭，给我送花，每次都醋意大发，你心眼比我小多了。

　　出去吃了个午饭，中午太热，回到房间里继续写。我突然有个想法，我想离开东京后，一路向北，去北海道。北海道也是个岛，不知道和你去的冰岛像不像。反正我们在地球两端，又都在北边，都在寒

冷的地方，说不定也能看到雪山。不对，现在是夏天，北海道应该没雪。北川，我有点想你了。我是真的很犯贱，真的。

对了，你的书放在我的箱子里没拿走，你什么时候买了一本《失乐园》？我打算把它扔了。我用里面夹着的书签画了一幅小画，算了，也不给你看了。我慢慢想明白了，你之前说我过得很糊涂，我在意别人怎么看我，你说过我是在为别人活着。我除了知道自己很糊涂之外，其他的我一直不以为然。但是现在我明白了，我要为自己活着，我不想按照和别人一样的路来走。我要以我自己的方式活着，我应该顶住各方面的压力。谢谢你曾经对我说过那么多，不管当时的我们是什么关系。

我会好好的，你不需要为我担心。你不是救世主，没有你世界还是一样运转，没有什么大不了的。可能我想太多了，你也许根本不会再多想起我，是我自作多情了。

好吧，那就写最后一句，再见了迟北川，有过你这样一位朋友，也许，也算是我的幸运吧。

M

东京 涩谷

2015.6.16

# Lost in Iceland

# 5

环夏
威夷

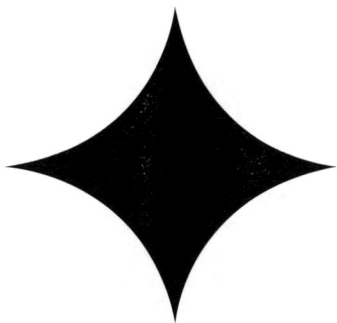

生命的意义在于尽情生活，
拼命体验，勇往直前、
无所畏惧地去追求更新、更丰富的人生经历。

" 其实
人这一辈子，
转来转去的
也就是
一个圈。
到最后，
还是那个人。"

# 一

　　我坐在夜色中的海滩上，随着海浪拍岸的节奏深呼吸。我身后是海港停车场，我们来的时候所有车位都已经满了，偶尔有车灯晃过，那灯光瞬息在无尽的海面上消失于无形。

　　周文栖就坐在我身旁，他摆弄了一会儿相机，看了看手表，神秘地说："好，倒计时十秒钟，等着看好戏吧。"

　　这时，我隐约听到背后有声响，回头看，又没见有任何异常，只有平静的停车场——它就像一头散发着汽油味的无形怪兽，吞噬了来自陆地的所有声音。突然间，狂躁的引擎声轰轰响起，一辆听似笨重的车在飞快转弯，我再回头，看到了那辆黝黑的拖车，车身后挂着一辆同样黝黑的老式轿车，看不出是什么品牌，它潇洒地扬长而去，走远了才终于打开车灯。

　　"Shit!（该死！）"几个年轻人从浅滩边狂奔回来，一边使劲挥手一边大喊。他们摇摇晃晃地去追车，这突然而来的袭击让他们无所适从，只能用所有能想出来的脏话表示遗憾了。

　　我捂着嘴，笑得尽量不引人注意，以免这些人把愤怒发泄在我身上。我转头看周文栖，他正端着相机，快门声不停地响，拍下了好几张穿着沙滩裤的白人小哥歇斯底里的照片。

　　我看着那些照片，不由得多了些同情。周文栖收好相机，起身拍拍屁股，说："走吧，迟北川。咱们去那边转转。"

　　周文栖边走边告诉我，海滩边的停车场在晚上十点之前有六个小时免费停车时段，但是过了十点就得按小时数预先付费，在付费机器上交钱打出停车票放在车前风挡玻璃上，这样才能确保车辆安全。不少来海边游玩的人把握不准时间，也许他们以为十点之前就能离开，也许他们以为拖车的执行力不会那么强，晚个十分钟一刻钟的无伤大雅。在我为数不多的国外生活经验中，此事确实说不太准：比如冰岛从来就没有人管乱停车，而洛杉矶警察会在深夜两点半上街抄牌贴罚单。所以违章不违章，纯粹靠运气。

但是在这里，拖车的日常生意很清淡，所以开拖车的小黑哥往往在十点前几分就关掉车灯默默潜入停车场，检查哪些车没有交费。他会轻手轻脚选好目标，摆上轮钩，只待时机一到就毫不犹豫拖走，根本不给人反应的时间。

我跟着周文栖沿着细软的沙滩往威基基市区走去，眼看着又来了一辆拖车，一两分钟之后，它拖着一辆墨绿色的韩国车走了，这回并没有人跟着追过来，大概车主还在水里游得正欢。

远处一个戴着棒球帽的年轻人拿着什么仪器在沙滩上踱步，走近了我才看清楚那是一个金属探测器，一根带电线的长杆在手，底部是一个大大的圆环，紧贴着沙面缓缓移动。他戴着一个 Beats 大耳机，认真监听着仪器的响动，眼睛专注而又麻木地盯着脚下，生怕一个分心错过了什么宝贵财物。

"别看了。"周文栖催促我，"不是探地雷，这里经常有人掉硬币、手机什么的。"

我顺着他指的方向看过去，绵长的海岸线上，还有两三个同样全副武装的探险家。热带的海风扑面而来，这项无趣的事业看着愈发无聊——如果给我一个金属探测仪，我保证在捡到两听可乐之前就会睡着。

这里是夏威夷，太平洋的正中央。

二

2017 年 9 月 22 日下午，我降落在火奴鲁鲁机场，周文栖接上我吃了晚饭，再到海边坐坐，上半夜几乎就过完了。自从冰岛一别，我们已经两年多没见面了，他几乎没变，稍微黑了一点，脸庞依旧是少年的样子，身形依旧挺拔，而我的发际线应该又退后了几毫米。

我来夏威夷的目的是旅行，而他们的目的不是。佳佳背着周文栖偷偷申请了夏威夷大学，预谋就此分开生活，而周文栖不想这样分手。思前想后，他辞掉了高薪工作，抱着相机和一大箱子镜头跟着佳佳从上海搬来了夏威夷，当起了自由摄影师。

这个自由摄影师目前还没有稳定收入，只能算是自由摄影爱好者。用周文栖的话说，那就是还在"练技术和累积素材"的阶段。几个月的海岛生活，让他有了不少心得，他说这和在大城市生活完全不一样，有时间再慢慢和我说。

"明天佳佳没课，她说她带你到处转转。我有事，有餐厅找我去拍菜品照，还不知道该怎么开价，我先去试试。"在酒店门口停下时，他对我说。

"没事，我睡个懒觉，倒倒时差，醒了就在附近转转吧，不麻烦她了。"我边下车边说。我和佳佳并不算熟，她和陈念是多年前的同事，我甚至都不太记得她的模样了。

"那明天再说。"他扬长而去，也没说个晚安，人情淡薄。也对，其实我和他更不熟，我认识陈念，陈念认识佳佳，佳佳认识周文栖，这就是简单的关系链。

我的房间面海，十六层的高度在这里已经算是非常高了。推开阳台的玻璃门，海风毫不留情地席卷进来，桌上的门卡和各种纸片飞了一地，只剩那本我从冰岛背过来的《失乐园》还压在桌上，看来我开窗睡觉的愿望是泡汤了。

一晚上浑浑噩噩，直到敲门声把我惊醒，我才意识到阳光已经闯了进来，并且占据了包括沙发、茶几在内的大部分空间，除了床。我随意地系了浴袍打开门，不是服务员。

是佳佳，我原本想不起来她的模样，但是当她站在我跟前时，我没别的名字能对应上。那就是她了吧，周文栖的女朋友，不对，是他的妻子——他们去冰岛时已经计划结婚了，我帮他们拍了婚纱照。

"我能进去吗？"她边说边大摇大摆往门里挤，"挺久没见了啊，你还那样。"

"你也没变。好歹给我点空间换个衣服吧？"没变是顺口说的，我也不知道变没变。

"你可以去洗手间换，我去阳台晒晒太阳。"她径直穿过房间，看了看小厨房，看了看床，推开玻璃门去了阳台。阳台上有两张躺椅，她没坐下，而是扶着栏杆看着海面。此时的海面上泛着银光，简直要刺瞎我尚未完全睁开的双眼。

"一个人来的？"她问。

"是。"我高声回答，关上了厕所门。

我只花了五分钟的时间就换洗完毕，简单收拾了背包后，同她一块儿出了门。我在赫兹租了一辆车，也是时候去取车了，从这儿走过去还得十来分钟。

佳佳问我今天有什么计划，我说就是开车到处转转，看看《侏罗纪公园》的拍摄地，看看潜水胜地恐龙湾，然后再去珍珠港瞧瞧。她说我行程有点满，我说也不是要一天内逛完，反正车租了两天。她问那两天之后呢，不会那么快就回北京吧。我告诉她我已经订了机票，后天去大岛，我得上山去看看天文台，这是这一趟最重要的目的。

我们在林荫路上并肩走着，沉默了一会儿，她终于问道："陈念呢，她怎么样了？"

我就知道，她早晚得问这个。

"很久没联系了，不知道。"我想了想该怎么组织语言，接着说，"也不是很久，其实不久前我们在冰岛又见过一次。"

"你们又去冰岛了？"佳佳变得很兴奋，听得出这几个字中能传达出她对于冰岛的喜爱。

"不能说是我们又去了，那年我们一起离开雷克雅未克之后，第二年我又去了，断断续续还住了一年多。前阵子我打算彻底离开冰岛之前，陈念突然去了，我们偶然碰到。"

不说出来，我都不知道原来自己可以在那个天寒地冻的地方住上那么久。

"缘分啊！真是缘分！那不是应该旧情复燃吗？"她激动地打断我，"我和她也很久没联系了，都不知道她在干些什么。"

"没我什么事，她是和另一个男的去的，未婚夫。"

"啊？"

她啊了这一声之后，便没再说什么，我尴尬地笑了笑，表示不太想继续这个话题了。

夏威夷的天气太好，明媚的阳光之下，那些阴霾都被一扫而空。过去的事情就让它告一段落，每个人都会有自己更好的际遇，故事毕竟是故事，就让它剧终在那儿，有什么不好？那些事情我不想再提了，只要一想到冰岛，就整个人都是抑郁的。

那里和这里真不一样。

佳佳似乎能看透我在想什么。"你说如果当初我们不是去冰岛，而是去一个阳光明媚能让人积极向上的地方，比如夏威夷，是不是你们也不会走到那一步？"

我告诉她，其实我们去之前就已经离婚了，完全是我的责任，这和我们去的是不是冰岛没有一点关系。而且这件事情本就办得很"奇葩"，说不定一个不小心冰岛之旅就会变成自杀之旅，最终两个人都活着开始了新生活，也算是比较好的结果了。

她自言自语道："我知道，陈念当时和我说了一些事情，我能理解她。而且那趟冰岛之行也让我想和文栖分开了。"

"你们没事吧？"我好奇了起来。冰岛那个阴郁的地方，会让人不自觉地放大悲观情绪，原本好好的一对，说不定到了那种环境中只想着孤独终老了。

"没有实质的事情。"她打算刻意地一带而过，"他身边总是有一些'妖艳贱货'，谁知道有没有什么事，反正我不知道。你若盛开，狂蜂浪蝶自来啊。"

"没有实质的事情，就别互相折腾了。他一看就不是会出轨的人，你更不像。我看你们挺配的，完美的一对。"我们一般说实质性的事情，就是指的出轨、外遇、劈腿等，当然我刚说的所有这些事情，其实就是一件事。

"别说那么好听，老实告诉你吧，反正这里也没什么朋友，很久没好好聊天了，我和他都是二婚，我们就是劈腿劈来的，这你知道吗？"

这个消息让我十分震惊，我使劲摇头。

"他当时和他老婆——他前妻，感情不太好。我也不知道是不是这样，反正都是他说的。然后我前夫坏毛病也很多，抽烟、喝酒、打牌，后来被我发现在外面乱来，我也不知道是怎么了，就报复性地和周文栖搞在一起了。然后我们先后离婚了，我先，他后，这才在一起的。一言难尽，有机会慢慢和你说。"

你们都说有机会慢慢和我说，我知道这种表达就像"改天请你吃饭"一样敷衍。向别人交代自己的故事时，总有太多忌讳不愿意提起，于是总会使用"一言难尽"或者"有机会慢慢说"等托词来跳转话题。而实际上当事人自己也清楚，其他人是不是那么关心你的故事，是不是那么关心你，还真说不定。每个人都有一摊自己料理不过来的破事，谁有工夫替旁人想那么多？谁又有能力替别人判断对错？

租车公司给我的是一辆韩国起亚两厢车，车的形状奇特，在中国似乎从没见过，有点像大妈的买菜车，臃肿又俗气。我要求换其他车，我订的分明是中型车，至少该给我一辆本田或者福特，怎么也不至于给我一辆这样的东西。工作人员很客气地告诉我，今天只有它了，如果早点来还有的挑，现在抱歉，已经没的选了。

自从几年前辞掉工作之后，我早已和商旅出差划清了界限。很快，我的航空公司会员级别都降到了普通级，酒店、租车这些会员卡也早不是金卡，任何环节都享受不到特殊待遇。人走茶凉，不过这也让我清醒地意识到，我从来就没有什么特殊性。我所拥有过的特权，不过是倚仗背后的大企业，而且在这样的跨国企业里，我也只不过是一个可以忽略的小员工。抛开企业背景，我便什么都不是。可笑的是，在我还在职的那些年中，我似乎一直忘了自己到底有几斤几两。

佳佳对车没有研究，也在一旁游说我开走算了，反正瓦胡岛交通简单，几乎没有难走的路，随便什么车都一样。我强颜欢笑，对店员表示感谢后离开了。

佳佳提议先去岛的北面看海龟，现在出发差不多十二点之前能到。海龟在正午的时候会上岸晒太阳产卵，晚了就看不到了。我原本还想让她给我指一条环岛的路线，无奈从市中心去海龟产卵地只有一条从南往北的纵贯线开着合适，别的方式都只是浪费时间而已。

## 三

开车上了高架，先是往西。远处的天空中，一条巨大的彩虹跨越了好几个山头，连到海天一色的远处。

"别少见多怪了，彩虹天天都有。"田佳佳见我喜形于色，开始给我科普了，"这岛上随时有几个地方在下雨，下完雨就出彩虹，一点都不新奇。不过运气好的话，能看见双彩虹。"

"双彩虹？"

"对啊，两条彩虹同时出现在天上，有时很近，有时在两个完全不同的方向。总之你多待几天，运气好的话能看到的。"

我刚注意到夏威夷的车牌上都画着彩虹，看来在这里彩虹真不是新鲜玩意。从车牌看到路牌，我发现夏威夷的地名都特别奇怪，每个音节都是辅音加元音的整齐组合，比如 WAIKIKI，比如 LULUMAHU，还有 ALOHA，念出来也特别像是日文发音。我问副驾上的佳佳为什么夏威夷这么多和日本文化相关的东西，街上的车也多是日本车。我刚到这里不到一天，已经遇到特别多的日本人了。她说觉得奇怪是很正常的，她刚过来的时候，也觉得很奇怪，就特地研究了一下。原来明治维新后有很多日本劳工来夏威夷工作，当时夏威夷的制糖业发展迅猛，正好有一个美国人在日本当大使，于是他促成了夏威夷引进大量日本劳工。那时候的日本人和中国人一样都觉得美国是天堂，不同的是很多中国人去了旧金山，而大量日本人来了夏威夷。他们一代一代地繁衍下来，成了社会主流，以至这里很多白人都能说几句日语了。

原来如此，这是一个日本文化和美国文化完美结合的地方，有点意思。

我们驶出高架，出了城，一路向北，不一会儿就进了山。山中密林挡住了阳光，起初有一些薄雾，后来越来越浓，随着山路蜿蜒，愈发有一种开进了欧洲森林的感觉，空调口扑过来一些淡淡的清香，从海湾转换到森林原来就一瞬间的工夫。

我一直特别喜欢在美国开车。这是一个汽车上的国度——即便这是一个孤悬于美国大陆之外的小岛——只要你上车锁好门，就会感觉这个世界就是你的，而你就是自由的。我在国外自驾时，经常会随身带着一条音频线把我的随身听连到汽车上，不管车窗外是什么光景，我兀自放着我带来的中国特色歌曲。没有什么能够阻挡，你对自由的向往——不管是穿行在英文还是日文的路牌下，脑袋里都摆脱不掉来自中国的民谣。

山路十八弯一直向北，地图告诉我大概半小时能够到达海龟产卵地。佳佳在摆弄手机，我专心地开车。道路实在太顺畅，完全没有驾驶难度，这让我想到在冰岛时，驾驶也没有任何难度。上一次和佳佳同在一辆车里，还是两年多前在冰岛时。我们唯一的话题是陈念，其次便是冰岛。我终究只能没话找话，我说，我每去一个岛，都特别想开车环岛一圈，不管是三亚、普吉岛、新西兰，还是之前我们一块儿去的冰岛。不过我上次去北海道的时间不是特别合适，就没有租车。冬天全都是雪，比较危险。佳佳敷衍地笑了笑说："只能说你这是一种情结，执念。"

她沉默了一会儿，接着说："其实人这一辈子，转来转去的也就是一个圈。到最后，还是那个人。"

我问："你这是啥意思？话里有话呀？"

"你知道我说的是谁。"她说，"既然你们后来在冰岛又碰到了，为什么你就不能去争取？"

我说我想过，其实当时我非常想争取。她说想过就要去做，这样的机会不是巧合，是命中注定。

说到这里，我想我有必要把当时的情况告诉她。我告诉她我绕着冰岛终于把陈念给追到了，但是事与愿违，她有了另外的选择，她身边还有个男人。接下来的路途中，我详细地把三个月前在冰岛发生的事情向她进行了汇报。她黯然神伤，很多时候不接话。

"如果有一个人这样来找我，不管他之前做过什么事情，不管我们之前发生过什么，我都会和他在一起的。虽然，虽然可能会有非常多的困难需要克服。"她看着窗外，喃喃自语。

"你真是这么想的？"我说。那一刻我在想，是不是陈念也会这么想呢？

我已经没有办法知道了。总之，我没有心情在冰岛继续待下去了，连续几天我都浑浑噩噩，是时候离开了，那个地方并不会给我结果。我能找到我自己，但是我再也找不到生活继续下去的理由。而且我想我离开那个地方之后，也许一辈子都不会再去了，那件事情已经圆满了。

"一辈子还长呢，这种话说说就好。"佳佳说。若不是外界的风景告诉我这里明显是热带，我恍惚以为回到了冰岛。

沉默良久，我试图转移话题："我还是挺好奇的，你们两个都是二婚，好不容易在一块儿了，怎么又会想不开了呢？你们领证了吗？"

"领了，我们领了结婚证然后去的冰岛，你不是还给我们拍了婚纱照吗？"

"有意思，我和陈念是领了离婚证去的，你们是领了结婚证去的。"

"其实在领证之前我有些犹豫，但是呢，我一想到我已经是一个离过婚的女人，如果不跟他在一块儿，或许很难再找到这么中意的人。"佳佳说着说着笑了。

说到这儿我得恭维几句了："你的思想还是稍微保守了，我认为啊，离了婚的女人，只要长相能看，身材没走样，离几次婚都会有人要的！"

她大笑了一阵，但是似乎并不轻松，她说我会这么想，别人可不一定。我说或许吧。

她终于和我说了一些事情，不外乎婚后夫妻间常见的一些毛病。她说周文栖经常对别的女人很热情，她看着很难受，而且他经常和其他人聊微信，不给她看。当她偷偷看到时，聊天记录几乎删到没有了，怎么想都不对。我想或许她刚和周文栖在一起时，也经历了这样充当偷情角色的过程，才会对这些细节尤其敏感吧。无论如何，家家有本难念的经。人们也常说性格决定命运，这些鸡毛蒜皮，听的人再怎么努力，也没法上心。以我对周文栖的印象，我认为他们其实都是庸人自扰罢了，无论如何，周文栖可比我优秀多了。

一只大海龟旁若无人地趴在沙滩上，闭着眼睛睡觉。以它为中心，半径两米画了大半个圈，一根红绳摆在地上，示意游客不能跨过那条红线去骚扰海龟。一位胖乎乎的女性工作人员摆着沙滩椅坐在五米开外，一旦有人不小心越线，她就赶过来温柔斥退。

佳佳在树下找了块稍微整齐的石头，坐着观察海龟。我拍了几张照后，便被海上冲浪的年轻人吸引到了。我站在海边，看着他们抱着冲浪板跑向海里，然后爬上板子使劲划水，直到划出足够远，再小心地站上冲浪板，顺着高高的海浪被一点一点地推回到沙滩上。大部分时候，他们都没能到达岸边就摔进了水里，我注意到每个人的一只脚踝上都有一条绳子拴着冲浪板，这样才能保证在惊涛骇浪中的安全，能力实在不够的话，还能"顺绳摸板"活一条命。

我对这项运动产生了极大的兴趣，尽管它看上去非常无聊——游到海里，然后被冲回来，接着再来一次。在它的无聊之下，我确信有一种极大的放纵感和尽兴在肆意扩张，并且是在确保安全的前提之下，也在确保卫生的前提之下。

"你要是喜欢，我可以介绍我的老师给你。"不知什么时候，佳佳过来站在我身旁。

"你会冲浪？"

"刚上了两节课，还不太会。"她又补充道，"你如果多待几天的话，可以让我的老师教你——收费合理，还是个大美女呢。"

"收费合理这个不错，但是大美女就算了，我对大龄女青年没什么兴趣。"说到老师，我脑海中浮现的自然是仪态万方的中年人，美不美都不是我需要考虑的问题了。

"那你就错了，虽然我叫她老师，但是她比我还小几岁。"

"真的？"问完之后我旋即后悔了，我不应该表现出自己的兴趣，而且我在这儿也待不了多久，冲浪这种事，只要有胆量，勇敢地冲进水里，自学都能会。

佳佳看出了我的心思，她说带我去看看岛上浪最大的地方，看过那里的浪之后，我就会明白，没人教还是不要自己去作死。

我们上了车，沿着大路向东。这时算是走上了环岛线，左边是一望无垠的海面，右边是草甸山坡，路旁偶尔有房屋，但是瓦胡岛背面的住宅明显要老旧很多，几乎没有商业区。这一路经过了不少野沙滩，每一处似乎都能够停车好好玩耍半天，每一处都有不少当地人在游泳、冲浪、晒太阳。我好像明白了，夏威夷的沙滩其实都是野沙滩，玩的人多了，也就有了设施，就像地上原本没有路，走的人多了，也就成了路。

我们转向东岸，又走了一段，她让我停车。我的左边是海，不用下车我已经能看到那至少五米高的浪了。瓦胡岛的正东面，海浪狂啸着扑上岸来，不远处是一处陡峭的山岩，在不知多少岁月过去后，岩石被海浪打得百孔千疮，更高的浪打过来时，甚至能直接扑上十米高的岩顶。而我们下车走到海滩拍照时，我看到那山岩顶部是有车道能开上去的，有几个游客在那里停车看海，几乎每一个浪都能淋湿他们。

在这样的狂风大浪前，我的眼镜不一会儿就蒙上了一层水珠，我取下擦干净，赫然看到海滩上有五个孩子大喊大叫地冲进了水里，其中还有一个小姑娘。他们试图游得更远，但是还没能站上冲浪板，就被海浪完全席卷消失，我正为他们揪心时，他们嬉笑着露出了脑袋。困难折磨不了他们，他们依旧开心地大喊大叫，虽然一次也没有成功，但是仿佛已经斗罢天地——其实他们从来没离开海岸十米之远。

我对佳佳说："算了，我还是不学冲浪了。"

我们在一个建筑比较密集的镇子停下吃午饭。佳佳去排队点餐，我在凉棚中坐下，看着三五成群的年轻人、老人和小孩快活地吃着喝着，他们大多穿着泳裤或者比基尼，身旁放着冲浪板，头发湿漉漉的，肤色一个比一个健康。这个叫卡胡库的地方估计除了冲浪和虾饭没有别的，这是个没有烦恼的地方，而我带着满腔的心事而来，与这里似乎格格不入。

早听说夏威夷的虾饭是不可缺少的体验，果然名不虚传，鲜虾黄油和辣酱让人欲罢不能，可乐也不够喝。吃完之后我要求再加一份，这次我去排队，让佳佳坐着。她说经常有同学专程开车一个小时来这里吃一份虾饭然后回去上课，她垂涎已久，但是一直没机会来。她和周文栖说过几次，但是他似乎从没当回事。

沿着海边公路继续往南，一路上海浪不断地拍上岸来，甚至直接拍上公路，好几次我都被迫洗了车。佳佳说："很快就会到《侏罗纪公园》的取景地，那是个大公园，进去玩得花上大半天时间，还去吗？"我说我们就不浪费那个时间了，你我非亲非故，也没什么暧昧，就不去牵手逛公园了。

幸运的是，在公路上就已经能看到《侏罗纪公园》中的最经典场景了，那两座像被神改造过的大山，中间夹着一大片草甸，视觉效果委实震撼。既然在电影里已经看够了，我便没有停车，继续往前开。佳佳说不如去她学校旁边的钻石头山，那儿比这儿好很多，还免费。

车慢慢地开进了城市，有了红绿灯，有了行人，我们开上山坡，穿过高架，然后再开下山坡，再次开上山坡，这里离海边越来越远了。

经过一个露天集市，我们来到夏威夷大学的正门，这天好像有露天市场开放，卖的都是一些本地手工艺品。佳佳说学校里面没什么特别的，让我也别去参观了。我听着导航的指令，在学校门口转弯，上了钻石头山。

钻石头山是个大型的环状火山坑，车道沿着外圈圆环爬上去，到了高处，瓦胡岛的东岸一览无余，海面、城市、帆船、白浪，一切尽收眼底。夏威夷有无数的火山坑，而这个似乎是最完美的一个。现在我知道了，那些威基基海滩全景的明信片，应该都是在这个山头上拍摄的。飞机降落时我从舷窗中看到过这里，想到这儿，我的时差似乎上来了。

我正琢磨着应该怎么开进山口去，眼前就出现了一个山洞，人类的想象力真是够可以的，在环形山的半山腰上打一个洞，刚好能挤着过两辆车。我们慢慢地跟着前车穿过山洞，瞬间豁然开朗。我们到了环形山里，视野刚好被束缚在山的圆环之中，犹如井底之蛙，实在再形象不过了。

山里的停车场客满，我们排队等待。佳佳说其实停好车也就是徒步走到山顶，登山可能还得花费不少时间。她话音未落，我便打转方向盘，我说，不等了，进来看看就行了，下山吧。

再次穿过山洞之后，右侧就有一处观景台能临时停车，刚好有一辆车开走，我们便幸运地得到一个车位。我下车凭栏远眺，佳佳似乎看到了什么，她让我原地等她一会儿。

山路上有很多徒步者上上下下，佳佳追上前去，叫住一个瘦小的亚洲女生，不知道是不是中国人。她们拥抱，然后看了看我的方向，我象征性地微笑，她们走了过来。

"这是迟北川，这是马老师，Mavis，我和你说过的，我的冲浪教练。"佳佳给我们介绍。

Mavis 穿着一身黑色防晒健身服，上身套着黑粉两色的运动帽衫，她皮肤白皙，或许是在黑色衣服的衬托之下显得很白，至少皮肤不像其他热爱运动的人那样。她虽然不算高挑，但是身形十分迷人，尤其是腿部。她从口袋里掏出一只手举起和我说嘿，我也举手回应。这种场合下握手似乎比较奇怪，这样简单地认识一下，却又多少有点尴尬。

"她是北京姑娘，平常不这样的，大大咧咧的。"佳佳说，"怎么看到你这么腼腆了。你如果要学冲浪，让她教你。"

Mavis抬起一条腿轻轻顶了佳佳一下，佳佳笑着躲开。

"不敢不敢，原来北方也有你这样精致的姑娘啊？你这是出来跑步？"我说道。

"跑上山来，走下去，我每天一趟。"她说，"你想学冲浪啊？"

"有这个想法，不过我只是来旅游的，不像你们在这儿深造。我明天就不在这儿了，明天飞往大岛，可惜了。"

"噢？这么巧，我明天也去大岛。"

佳佳非常吃惊："嗯？你去大岛干什么？"

"后天就是铁人三项比赛了，当然是去看比赛啊，难道你不知道啊？"她回答完佳佳，转头看我，"你不是去看铁人三项的吗？"

我笑得勉强，我确实知道夏威夷是铁人三项这种强人运动的圣地，但是我并没有注意过原来比赛在这几天进行。我摇摇头说："看来我只是碰巧能看到比赛，我去大岛主要是为了上天文台。"

"一起吧。"Mavis说得异常轻松，"我也要去天文台，但是我车技很一般，还不知道能不能驾驭那段路。一起有个伴，大岛还有很多好玩的地方，我会待上好几天。"

我自然是求之不得，原本是一段孤独的旅程，突然多了一个阳光少女同行，这让我多少有了些期待，这里的气候和人还有一切原来都那么让人开心。

"那我也要去。"佳佳说道，"我也一直想去大岛，来了半年了，还没机会去。"

"现在酒店很难订到了，比赛就在这两天了。不过算你走运，真去的话，你可以和我一间——如果你老公不去的话。"Mavis说。

"别提他了。他肯定不会去的，要去早去了。"

"文栖要去的话，他可以和我一间，我无所谓。"我说。

"不管他！"

我知道，佳佳和周文栖俩人早已经貌合神离了，虽然同在夏威夷，但是俩人已经分房睡了，如果不是考虑到房租，可能早就不住在一起了。

## 四

计划完这些之后，佳佳和Mavis一块儿走下山去了。她们把我扔在一旁，让我独自行动。佳佳也陪我大半天了，我们之间已经聊到没话可聊。这样也好，我开车还能自在点。

我直奔珍珠港，买了张门票去参观"亚利桑那"号军舰遗骸。坐船登上白色的水上纪念馆，里面一片肃穆。此刻游人已经不多，我听着工作人员的讲解，趴在纪念馆的栏杆上试图看清楚沉在水下的军舰，却只看到鱼群游来游去，偶尔有油污从水下泛出，慢慢晕开，再被微风拂过的水波渐渐推远。1941年12月7日，日军轰炸珍珠港，一千一百多名美军在"亚利桑那"号上来不及脱身，就这样跟着舰艇一起沉到了水底。三十九年后的这天，我出生了，而现在，又一个三十九年即将过去。纪念馆上空的星条旗半降，前些天美国本土一所校园又发生了枪击案，死了不少学生，今天美国全国都在降半旗致哀。

离开珍珠港时，太阳已经西斜，周文栖发信息约我晚上吃饭。距离吃饭时间还早，我打算去瓦胡岛西岸看看夕阳。此刻我有些困意，但随着车流向前并不是什么难事。出乎我的意料，向西方向一路堵车，我在地图上随意标记了一个西岸的海滨公园作为目的地，眼看着太阳落山之前可能赶不到了。

经过一段市政工程道路之后，路上好开了一些。上了西岸的沿海公路之后，我发现随处都是开放的沙滩，随处都是看落日的绝佳视角，我不打算去我之前标记的公园了，随意拐进了一处海滩停车。

风变得出奇地大，两个女孩在海滩上试图操纵无人机起飞，一直没成功。我在沙滩上坐着，看着太阳越来越红，染过一层层的云彩，慢慢躲到海里，那一瞬间的光线变得刺眼。一天很快地开始，一天又结束得那么突然。我今天看到了孩子们挑战海浪乐在其中，也看到了执着于运动的人坚持跑步坚持登山，还看到了年轻的战士们壮志未酬就永远地埋葬在了海底。我从极寒之地来到赤道旁边，寻找自己继续生活的意义，而那么多人无所谓探寻什么意义，只要痛快地活着就行。

周文栖带我去吃日式拉面，我们在梅西百货碰面，他带我绕到地下，几十个日式拉面店排成矩阵，声势浩大。此刻正是晚饭点，开放的餐厅喧嚣不已，人们高谈阔论、觥筹交错，看着美国人和日本人混在一起干杯，一会儿说几句英语，一会儿又吐出了日语，我不得不承认，我喜欢上了这个地方。

周文栖给我点了一份牛排拉面，这真是让我长了见识，面上盖着的是一大块香气四溢的黑胡椒牛排，下面是汤汁浓郁的骨汤拉面。我在日本住过一段时间，但是从没吃过这么鲜香的拉面。相比起来，正统日式拉面相对保守，浓郁的汤和筋道的面，二者本身就是一切，几乎没有任何改良。眼前这份牛排拉面就是东西结合的产物，像极了白种人和黄种人在夏威夷的融合，保守的黄种人变得开放和外向，而白人又变得更加礼貌和内敛。这里没有动不动就点头敬礼的大和人，街上没有黑人要钱要烟，空气中没有大麻味，更没有人突然就掏出枪来，大家各让一步，组合成了这个美妙的社会。

借着酒意，周文栖向我道出了他们俩的事情。再次强调，我和周文栖真的只是间接认识，见过的次数很有限，一次在冰岛，一次在夏威夷，在中国我们从没有来往。这次算是打开了话匣子，我也能更多地了解到他们俩的事情。而那些内情，老实说我真的不太关心，我想看到这里的你们也并不关心，你们只想知道，今天刚认识的那个小美女 Mavis，会不会和我有些什么。

我要很诚实地面对你们，在周文栖吐苦水的那两个小时里，我的脑袋里都是 Mavis。周文栖告诉我佳佳的家庭条件不错，所以工作了两年打算来美国读书，也都是家里赞助的。周文栖在上海已经年收入超过百万，但还是怎么都赶不上其他朋友——他们买房，换房，买车，换车，而他因为错过了买房时机，现在根本买不起。我很清楚，年薪百万看似不错，但在北京、上海这样的一线城市也仅仅能过上消费比较自在的日子，若要上升到家庭生活，涉及房子、车子、孩子，百万可能只是最低配置。我在北京的房子卖得太早，如今拿着手上这些钱也不可能在北京买回像样的房子。中国的年轻人全都被房子和工作困在了原地，不能动弹，一旦动弹，就意味着再也回不去已经累积了资历的职场。

我突然想起在北京的某个人，她如今应该已经过上正常人的生活。正常人的生活就是房子、车子、工作，不用思考，没有变化，偶尔焦虑。原本我许诺过给她我的所有，最后却连带她走出这样平庸的生活都没做到。

算了，我不想再去关心北京的事情，我只想知道，Mavis 的现状怎么样，她有没有男朋友，她是不是并不排斥我。毕竟，下午是她提出的可以一起去看天文台，并不是我提出的。

## 五

第二天上午，我去了恐龙湾，这是个浮潜胜地。电瓶车拉着一车一车的人开下山崖，而我选择走下去。徒步和跑步是夏威夷每个人的必修课，我很乐意参与进去，像个当地人那样。浮潜了半个小时，没什么收获，不外乎一些鱼，各种各样的鱼，丰富但是没什么乐趣。不远处躺着几个姑娘，其中一位看着像是 Mavis，但我走近了发现并不是。其实我不太能回忆起她的模样，毕竟只见过短短几分钟，她的脸上也没有什么能让人记住的特征——尤其是对于我这种脸盲。正午前，我离开恐龙湾驶回酒店，途中会经过钻石头山，我特地绕道去夏威夷大学门口转了一圈，在跑步道附近到处张望。离开的时候我不禁嘲笑自己，不过是一个萍水相逢的姑娘，我不至于这样春心荡漾。我十分明白，我太久没有和像模像样的女生接触了，这两年多以来，今天见到的两个姑娘已经是和我距离最近的异性了。

从火奴鲁鲁机场到科纳机场不过五十分钟航程，我坐在窗边，看着脚下湛蓝的海面和几乎荒无人烟的小岛，心情异常平静。我突然意识到，如果真如佳佳所说，那时候我们去的不是冰岛，而是来这样一个热情奔放的地方，会不会今天的一切都不一样？阳光从玻璃外斜射进来，我有点眩晕。

Mavis 的飞机比我的晚一班，佳佳在线买到和她同一航班，我答应到时候我先去取车，然后到机场候着她们来。我们订的是同一家万豪酒店，那是铁人三项比赛的起点也是终点，运动员们都住那儿。而我之所以选择它，只是因为我还有些万豪的积分能够派上用场。

机场里里外外都是来参加铁人三项的运动员，他们背着巨大的运动包，等着从传送带上卸下托运来的自行车，大家自在地问着好，不少"多动症患者"已经在原地活动起了筋骨。傍晚之前我接到了她们，我们到铁人三项比赛出发点探了探路，然后一起吃了晚饭。附近已经插满了旗帜，贴满了海报，我也借此机会见识了一下历届冠军都是哪些种族。我正想提议找个地方喝点东西，突然下起了瓢泼大雨。

这是一个无聊至极的晚上。在阳台看了两个小时雨后，我再也按捺不住了，我想出去走走，再不济也得去酒店大堂逛逛。大堂里满是健硕挺拔的铁人，透过那群平均身高一米九的汉子，我看到了站在门口屋檐下发呆的她。她的肩背笔直，瘦小的身体却展现出了骄傲。

"想不想出去走走？"我走到她身边，并不看她，只是远眺雨夜中漆黑的世界，"闷坏了吧？"

"你也是个关不住的人啊。"Mavis 看到我并不惊讶。

"多好的一个晚上，被雨给困住了。我还以为热带的雨都是一阵一阵的，谁知道下起来就不停了。"

"一般不会下这么久，今天有些异常。"她问，"你的衣服防水吗？"

我摇了摇头："不过我从房间里拿了把伞出来。"

就这样我们冲入了雨中，虽然雨伞足够大，但是雨势毕竟太猛，我下意识把她揽入了怀中。我没有想太多，只是伸出了手，她似乎并不介意。我们踏过大大小小的水坑跑到停车场，找到了我租的四驱吉普车，摸出钥匙爬上了车。这时我们才意识到，我们全身几乎都湿了，头发也滴着水，就像没有打伞一般。我们对望着，笑得合不拢嘴。吉普车冲出停车场，远光灯划破了雨幕，消失在道路尽头。

没有太多交流，我们就一致决定去天文台，现在，立刻，马上。天文台在大岛中央的火山口上，我们原本计划第二天午后出发上天文台火山口去看夕阳——从大岛西岸的万豪酒店开车去天文台差不多需要三个小时，而且这还是在路况非常好的情况之下。

此刻是晚上九点，雷雨夜，能见度不过十米，这是路况非常不好的情况。我们预计四小时内开到。

两个疯子。

坦白说我的精力早不如年轻时，即便有这样的冲动，我还是在开出半小时后就困了。我每隔一小会儿就把窗户打开一条缝，呼吸一下湿润的清凉空气，然后在雨水淋湿肩膀之前赶紧关严窗。Mavis 提出换她开车，我坚持说我能开到，再说，停车换人，俩人都会再淋湿一次。

这条路一直延伸向岛中央，全程明显都是上坡，两车道的路，只有我们这一辆车在狂奔，对面车道一直没有车开过来，我们的身后也没有跟随者。大概在这样的夜晚，谁都是在床上、沙发上窝着度过的。道路两旁的风景我无暇顾及，也根本看不清楚，车玻璃一会儿就起雾了，我们摸索了很久才找到除雾开关。在空调的作用下，身上的衣服也渐渐干了，体温升高了，人也更加困了，我唱起了歌。

这一招我常用，一旦疲劳驾驶时，我就打开音响听歌，跟着哼。如果是熟悉的歌，就不光是哼了，我还跟着歌词唱，这也是为什么我出行都带着音频线把手机连上车载音响。Mavis 跟着摇头晃脑，看这情形，我存的周杰伦的专辑她应该都听过，虽然我们相差九岁，但是还被同样的东西影响着，不算有代沟。

一个小时之后，道路分岔，我们上了一条双向四车道的大路，能见度瞬间好了很多，导航显示再有两个半小时能到。来到这个海拔，雨已经小了很多，雨刮器已经调到了最慢。Mavis 并不太说话，我找了不少话题，她也只是象征性地回答，并不想展开。尽管这样，我也知道了很多关于她的事情。她在夏威夷大学学室内设计，来之前在北京工作过一年，她在国家图书馆旁边的大学读的本科（我并不知道她是哪个学校毕业的，只是我谈起我常去国家图书馆写东西时，她说她大学是在那旁边读的）。她其实刚学会游泳没多久，来夏威夷才学会的冲浪，算不上什么教练什么老师，只是在同年级的女生里算是最敢冒险的。不出所料，她决意离开北京的原因是恋爱失败。

　　雨在某个路段突然消失了，取而代之的是雾。雾越来越浓，我只得减慢速度，这辆车太老旧，来不及研究雾灯该怎么开。我们在空旷而又空灵的道路上融入迷雾中，这情景就像我已经睡着了把车开进了梦中似的。我感觉到我们在向山中挺进，往下看不到山下，只能看到一层浓浓的云，云的下方应该还是暴雨滂沱，而我们此刻已经来到了云层之上。坡度越来越陡，道路不知何时变成了六车道，几辆车超过了我，但是我并不着急，这一晚还长着，我没必要赶时间。

　　如果说之前的道路只是缓慢地铺向岛屿中央，那么我们到达火山脚下之后，接下来的路就是真正地登山了。已经是晚上十一点半，上山的路蜿蜒绵长，左右各一车道，左右都是火山岩。踏上这条路时我们休整了一下，车里只有一瓶水，我喝了一口，她接过去直接喝了，也没顾忌它刚沾过我的嘴。

　　十来分钟后，我们到达一处停车场，看地图上的标识，这里是登山的补给站。有两个穿着厚实的工作人员正把放在户外的天文望远镜推进屋里准备收工。我们跑过去和她们聊了几句，其貌不扬的几个人原来都是天文学家，她们用专业又不带情商的几句话告诉我们：今日打烊，客官明日请早。至于上山顶去天文台的路，直接往前就是，前方路况很差，没铺水泥，只有沙石路，建议白天再来。另外今天云层很厚，即使到了山顶应该也看不到星星。她们很奇怪今天晚上没有任何来客，我们的车是上来的唯一一辆，而且还是在她们马上要休息时才到。

今天山下暴雨倾盆，正常人都不会跑出来的。

Mavis还想拉着她们多聊会儿，冷漠的天文学家们十二点准时下班开上车走了，她们的营地在几百米外的一排矮房子。留下我们俩人和一辆手动开锁手动开关窗的吉普车，我们在停车场的长椅上坐着。我把车灯开着，这样有些光线我们还能活动。从火奴鲁鲁带来的箱子还在后备厢，我们翻出厚衣服穿上，此处海拔三千米，一下车我便已经开始发抖了。补给站的厕所上了锁，我们各自找了隐蔽地方就地小便。稍事整理之后，我们决定开车上山顶，既然已经来了，就一口气冲上去。

我们打开手电筒反复研究，终于开启了吉普的四驱模式，方向盘带着强助力，我驱车上了沙石路。路愈发颠簸陡峭，我把速度降到了二十英里，还得用力抓紧方向盘才能不打滑。我能看到路的一侧是悬崖峭壁，另一侧是粗糙的山坡。山路每一百米左右就有一个三百六十度大转弯，就这么一点点地往上垂直再爬一千米。

这条路就像永远都开不完。

半个小时后，我们历经艰辛最终停在NASA（美国国家航空航天局）的天文台下方。我已经为今晚的壮举所感动了，眼前一共八九座形状各异的天文台在缓慢转动，它们发出微弱亮光，使得它们看起来就像来自未来、来自外星球，而我们似乎来自远古、来自地底。火山口遍地碎沙石，看不清颜色也看不清虚实。山脚下不远处，云层翻滚就如白浪滔滔，完全感受不到我们是在四千米的高度。天空中偶有星星穿过云层被我们看到。山顶的风不算大，但是温度足够低，我们在车外站了一会儿，Mavis说她有点高原反应，我们就回到了车内。

三个多小时，我们从海边上到了海拔四千米的顶峰，只有天文台和星空陪伴着两个人，除此之外再无一物。没有人烟，没有野兽，没有鸟，虽然还有大片的云雾掩盖苍穹，但是眼前的这一切已经足够作为嘉奖。

"你看，流星。"Mavis指着车右方的天空。

"不稀罕了。"我说，"刚才那边也有，还不止一个。"

"许愿了吗？"

"俗。"

"你在冰岛看过极光吗？"

来的路上我们聊到过，佳佳在飞机上和她详细地介绍了我，当然也不会太详细，佳佳对我也根本了解得不多。这时候她应该正在酒店的床上睡得正香。

"看吐了。"

"真羡慕。和这里的星空相比，哪个好看？"

"这个好看。"我是说真的，"极光在慢慢地摇晃摆动，光怪陆离，太不真实了。星空让人感觉到我们是活着的，我们的时间是珍贵的，我们还有很多很多的邻居。对了，你知道吗，其实在一九七几年，就有天文学家演算过了，按照当年可探知的宇宙规模，还有62万颗行星上有生命存在。即使按照最保守的数据来推算，也至少有两颗行星上有生命。"

"我们回去吧，我困了。"大概是由于我说的东西不算有趣，她突然感到了疲乏。

说完这句，我们竟在车里睡着了，半个小时后我突然惊醒，天空已经异常明亮，不是太阳出来了，而是云雾全部散开，几亿光年之外的恒星全都探出头来了。

下山的时候她开车，我叮嘱她一定慢慢的，沙石路很难控制方向盘。下到补给站之后，路变得平稳，我又睡着了，再醒来时，我们回到了暴雨中。山脚下的雨从没停过。这天晚上发生的一切就像一场梦，梦里我和 Mavis 独处，我们开了整晚的车，穿过暴雨去了仙境。我们穿越了很多很多万光年，在这个地方按约定的那样见面了，我们同饮了一瓶水，我们听到了对方小便的声音，我们躺倒在对方身边睡着了。

# 六

第二天下午我们再来到半山腰的补给站时，被工作人员拦了下来。

"请把车停在那里，去办公室培训半小时安全知识。确保您的车是四驱车，确保车内有超过半箱燃油，确保每人至少有一瓶水。"拦车的大叔例行公事，微笑着背诵了这段话。我转头看了看停车场，在我们之前的游客确实都已经老老实实锁了车加了衣服进去参加培训了。原来正确的流程是这样，头一天晚上来的时候可没人管这么多，我们出发前刚加满了油，也买够了水，至于安全知识，我想我已经有切身经验了。

"我不是第一次来，我昨天来过了，我知道安全知识。"我很客气地回应大叔，Mavis 在后座上，忍住了没笑出声来。

"你来过？"副驾上的住住问道，一路上她一直昏睡着，刚醒过来不久。我真不知道她为什么这么能睡，难道她也和我们一样，凌晨四点多才睡？

我转头朝她使了个眼色，她见我笑得诡异，以为我在胡说。

"真的？"大叔机警地看了看我们，又看了看车，他接着说，"昨天也是我当班，我想我们没有见过。"

大叔一直笑得慈祥，我也不忍心枉费他的心意，同时也不想多费口水向佳佳坦白。我乖乖停好了车。补给站的安全培训不外乎是说沙石路容易打滑，要确保打开四驱，同时警惕道路结冰，还要注意高原反应，另外还展示了一些翻车的照片——如果你对驾驶能力没有信心，这会儿掉头下山原路返回还来得及。

佳佳看完宣传视频有些怯了，说："太恐怖了，我们还上去吗？要不别去算了……"

我和 Mavis 已经迫不及待要上山了，Mavis 伸手一把拉上她说："走啦，死不了的。"

我敢保证，如果我第一次开上山时是白天，我一定手脚发抖，很有可能开出两个弯就放弃了。现在阳光明媚，离太阳落山还有一个小时，眼前的世界看得清清楚楚：我的左边是云雾缭绕的万丈深渊，脚下是我这辈子开过最烂的沙石路，我想我可能有恐高症，在夜晚看不清的情况下自然天不怕地不怕，但是现在，我很尿。前车开得非常谨慎，我们只能跟在后头吃灰。我尽量沿着前车碾出的痕迹小心往前，但依然时不时轮胎打滑。Mavis 在后座也扣紧了安全带，佳佳一直不停地喊着"慢点，慢点慢点"。

能让我坚持开到山顶的原因只有一个：十几个小时前我已经成功过了，我能搞定。

夕阳在凯克天文台左侧，迟迟不愿意落下，西边的云彩早已被染成了血红。十多辆车排队停在火山口的红色山脊上，数十位来自世界各地的游客在山顶车道边缘站成一线，长枪短炮地疯狂拍摄着。NASA天文台已经滑开了顶盖开始运转，法国天文台也正在启动，它们都已经迫不及待地要开始夜班。我们站在人群中，裹紧了衣服，等待太阳落山的那一瞬间。

"这辈子圆满了！还好你带我们来了。"佳佳说，"换成周文栖，他肯定不敢开上来。就他那小胆，还摄影师呢，不来拍拍这里算啥摄影师？"

Mavis朝我耸耸肩，我撇了撇嘴。我不想对这两人的状况发表评论。黄昏和凌晨的景致大不相同，一个是在喧闹中感受空灵，而另一个是在万籁俱寂中试图逃脱空灵。但无论如何，我都觉得这个世界是孤独的，无论身边是一个人，还是一群人。

太阳消失的那一瞬间，火山口的西面被染成了一片鲜红色，整个山头都安静了。除了风声和快门声，几乎听不到任何响动。然而这安静没能保持多久，一阵引擎声由远及近传来，看来有位游客差点没赶上看日落。

"佳佳！佳佳！田佳佳！"伴随着猛烈的关车门声，一个男人跑下车拼命大喊。

此刻我们三人目瞪口呆，周文栖居然追来了这里，从瓦胡岛追到了大岛四千多米的山顶。佳佳双手掩面站立不动，我挥手叫周文栖来这边，他看到了。

接下来的情节，就是很多肥皂剧里能看到的卿卿我我了。我得声明，我并没有导演这场戏，只是在前天晚上我们吃牛排拉面时，我向周文栖分享了在冰岛环岛一圈追上陈念的故事。那故事虽然没有预期的结果，但是我想周文栖应该多少得到了一些启发。我没透露太多信息，只告诉他我们第二天会一起来大岛，第三天会上天文台。

"你怎么开这么一破车就上来了？你这车没四驱吧？多危险！你还要不要命！"田佳佳开始痛骂周文栖时，我和Mavis识趣地走到一边。

"当然有四驱的，车虽然破点，但是没四驱人家不会让我上来啊。"

"那你去看安全培训了吗？那么恐怖，你还开这么快冲上来！"

"安全培训？没看，我骗守卫说我刚下来，发现把老婆忘在山上了，我得赶紧再上山去找回老婆。"周文栖嬉皮笑脸。

"你说什么？老婆你都能忘？你这都什么鬼话，人家会相信你？"

"反正他就赶紧放我过了闸，还在后头喊：太迟了！可恶的外星人！"

这两人已经搂抱在了一起，夕阳已经沉下，在余晖中，这美妙的剪影让我不由得心生羡慕。我转身寻觅Mavis，她已经回到了车上，是的，冷起来了。

"你刚说的，你得答应我，带我去吃虾饭。"周文栖陪田佳佳来我车上取东西，她还在一边嘀嘀咕咕。

"没问题，没问题，明天我们就去。"周文栖表现得格外乖巧，我拍了拍他的肩膀，他朝我眨眨眼睛，就好像我们之前预谋了什么。

"对了，告诉你，我和一家餐饮集团签了两年的菜品和餐厅摄影合同，要拍菜还要拍厨师，我现在是职业摄影师了！他们在夏威夷有七八家店，在加利福尼亚州还有二十多家，我们可以经常去美国西部玩了！"他兴奋地把好消息告诉佳佳，这声音很大，同时也像是在告诉我们，他终于成功了。

## 七

次日退房时，旅伴只剩下了Mavis，周文栖和田佳佳吃过早餐就赶飞机走了。铁人三项已经开赛，早上 Mavis 去出发点看了游泳环节，那时候我还没起床，只听到楼下欢呼声不断。她说估计今年的冠军还是德国人，自行车和马拉松看不看无所谓了，晚上看电视就行。我问她："村上春树呢？他也来比赛吗？"她翻了个白眼说："村上是爱好者，从来不是运动员。他有时会过来在夏威夷大学授课，但是从来没参加过铁人三项比赛。"

我们交换了意见，决定一路南下，逆时针环岛一圈。夏威夷大岛比冰岛还是小很多，十多个小时可以开一圈，不过我们打算分两天或者三天，总之有适合的地方就住下。她的课程似乎无关紧要，我的时间更是自由。我们来这儿的目的都是上天文台，这个愿望已经实现了两次，剩下的时间在岛上随便逛逛就好，她没有目标，我更加没有目标。我想，我跟着她行动就好，别的暂时不想了。至少在我能看到她时，不会有太多的迷茫和思索。我的灵魂是放空的，但是放空的同时又是充实的，和她在一起我感觉到默契。我想她也是打算就这样跟着我的，我去哪儿她就去哪儿，我干什么她就干什么。

我们离开了科纳，沿着海边道路向南，此刻我们的右边是海，左边是郁郁葱葱的山林，大大小小的独栋房屋分散在山间海边。公路旁随时有身穿紧身运动服的长跑健将经过，也偶尔有自行车运动员奋力踏车上坡。这个岛上运动气氛无处不在，似乎每个人都是铁人——至少他们的装备看着都很专业。

我们经过一段山路，孤独地开了半小时后来到胡克船长村，除了一处海湾和船长的埋骨处之外没什么可看的，我们继续南行。

最美的风景已经看过，大海和海浪只是这里的标配，激发不了我们更大的兴趣。Mavis 偶尔会点评哪个地方适合潜水，哪个地方适合冲浪，除此之外，便不再多言。我不是个擅长搭讪的人，她也总是欲言又止，似乎暗藏心事。我和她之间比我和田佳佳之间能找到的话题更少，虽然这两天我们独处的时间不在少数，但是恕我愚钝，我觉得我尽力了。

# 八

近四个小时无趣的车程之后，我们转到了大岛的最南端。起初我以为这是美国领土的最南端，Mavis 告诉我，赤道之南其实还有美属岛屿，所以这里只能算是夏威夷的最南边。一条孤独的道路离开主路直插南方，我们打算开下主路，去最南端的海边看看。此时阳光正耀眼，车里的饼干被我一点点吃完了，我急需一个休息站。

经过一段高高的枯黄草地，上面有一排巨型风车，以及几辆二十世纪报废汽车的破铜烂铁。我们停在了一处土堆上，这里已经停了不少车，一群人正在不远处的海边看着什么。我们本着看热闹不怕事大的精神，锁好车跑了过去。

那是一处十多米高的巨石悬崖，悬崖内侧有一个直径近十米的岩洞，探头望去能看到洞内的水面。我很久之前看过一个潜水探洞的电影，眼前这种岩洞大概就是那些爱好者追求的东西了。悬崖外侧不远处有个简陋的跳台，几个年轻白人正跃跃欲试地跳水。我慢步挪到岸边，看到悬崖下的海面上飘着一条小木船，几个黑得不能更黑的孩子在水里游着泳，游一会儿他们又爬上了船，看来这些小孩是刚从这里跳水下去的。悬崖侧面修了一条垂直的铁扶梯，小孩轻松划着木船，靠近扶梯，刚跳水下去的人就可以爬上扶梯回到我们站着的悬崖上。

这个闭环倒是不错。虽然是野的跳水项目，但是流程和设施也非常完整。

欢呼声中，一个白人小伙纵身一跃，并且转体三百六十度扎入了水中。所有人鼓掌欢呼，继而他的同伴，一个身穿蓝色比基尼的姑娘，尝试助跑了几次，最终还是没敢起跳入水。那个白人小伙在海里轻松地踩着水，向岸上呼唤着，见女伴迟迟没下来，遂爬上了船。小水手熟练地把他运到扶梯处。

我问她："马老师，你要不要试试？你游泳应该很好啊。"

"这里海水很平静，不需要很会游泳就能浮起来，海水浮力很大的，你看水面那么黑，一定很深。你下去踩水也能浮起来。"她不屑一顾。

"别激我，我肯定不去，我从没跳过水。"

"会死吗？真是。"

Mavis 开始脱衣服，周围石块都很干净，但是风还是很大，衣服放在地上一定会被吹跑。她把脱下的上衣递给我，我正受宠若惊地感受扑入我鼻中的皮肤香味，她弯腰把裙子也脱了。

她皮肤真白，一点不像是在热带长期运动的人，若不是此刻有那简单的白色比基尼衬托，我可能分辨不出她是个黄种人。她的白是那种美妙动人的白，不是病态凄惨的白，她腰背挺直，四肢细瘦。她胸脯微挺，小腹平坦，我突然想到小腹是年轻女性最性感之处，因为它会让男人本能地想在里面种植某些东西。她利索地绾起了长发，露出左肩靠后背处的一个文身。和她第一次见面时我就为她健身服的线条着迷，但那是一种运动的健康美，而现在我看到的，是青春无比的性感。我有些躁动。

她冲我笑了笑，我赶紧收回注视她的目光。

周围的游人们见她行动起来，知道又有人要挑战跳台了，纷纷鼓起了掌。她把鞋子拎到一边，对我说："我下去了，你也来。"

181

说完她助跑两步，飞向了空中。

那是一条完美的曲线，我还没数清楚到底有几圈，她已经伸直双手扎入了水中，入水时激起的水花比之前任何一个人的都小，岸上遍是欢呼声。她浮出水面，大笑着向我挥手。

我依依不舍地把她的衣服递给身边的一个日本人。在日本住过几个月，几句简单的口语我还运用得上。我三下五除二把短袖脱了，至于下身，我原本就穿着沙滩裤。

我闭上眼睛，奔跑向前，大吼一声跃入了水中。

# 九

尽管呛了一小口水，但是岸上的欢呼声让我知道自己干得还不错。短暂的激动还没过去，在海里漂浮的我看到了身旁的 Mavis 露出水面的肩膀，那个文身是冰岛的图腾，维京人的图腾。

我心跳加速，我有很多事情想问她，我也有很多故事想向她倾诉，我赶紧爬上了船。

"其实我之前二十几年都一直不会游泳。"我还没开口，她先说了，"失恋了，不小心掉水里，想着就这么淹死也不错。非但没死，反而就这么会游泳了。"

我开着车，离开海边农场往大路方向，我们要回到主路上继续环岛。我没想好怎么开口，靠在座位上的她突然先说话了。

"有意思吧，人天生就会的东西其实很多，但你总以为自己只会工作只会赚钱。"她接着说，也不管我是不是有反应。很明显，从海里上来之后，她的话匣子打开了。

她告诉我，她做了两年的第三者。起初只是因为欣赏那个男人，后来就变成了什么都愿意奉献。她当时有男朋友，和她是多年同学。但那个已婚男人和男朋友相比，无论哪方面都表现得更成熟、更有风度，于是她不可自拔地沉溺了。她以为那是最单纯、最无私的爱，不要求结果，只要求过程，只要能够经常看到他，能够享受短暂的欢愉，她就足够满意。但是没有料到，最终她的欲望还是膨胀了，她希望和他每天都在一起，她想要他离婚，想要名正言顺地公开自己的秘密，想要进入他的朋友圈子。然而男人并没有想离开妻子的意思，用他的话说，是"暂时还没具备离开的条件"，她不知道什么时候才具备这个条件，两年，三年，还是十年？于是她轻率地暴露了自己，让男人的妻子知道了一切。最后的结果是，男人彻底断绝了和她的一切联系，她被甩了。

她说这些时，我想起了我自己，想起了去冰岛之前的那个自己。

"你会看不起我吗？"她说罢这一切，转头认真地看着我。

"什么？"我走神了。

"我当过小三，你会觉得我很下贱吗？"她字字铿锵，我感觉得到，这似乎是她心里的一根刺。

"小三怎么了？这个词我不喜欢。第三者也是爱，只是爱错了时候。是不是爱错了对象我不知道，如果你早几年认识他，那怎么会是第三者？"

"谢谢你。"她轻声说，"这件事情我和谁都没说过，我以为自己会永远吞掉这个秘密。你说，他真的爱过我吗？"

我飞快地在脑袋里组织答案，她给我的信息太少，而我正聚精会神开着车。但是我并不想敷衍她，我对她的感觉在一点点加成。看到那个文身之后，她已经成了一种宿命般的存在，她的那些过往，我一点都不在乎。我只知道，副驾驶座上这个白皙的女人，此刻只有我。

"看你想如何定义'爱'这个字了。至少我相信，他是真正爱过你的。心理上的爱，是一种爱，肉体上的爱，也是一种爱，所以不管哪种，都是我们不可回避的。不要以为心理上的就一定比肉体上的高尚，没有这种事。人也是动物，肉体上的吸引就是最基本的，两者缺一不可。"我说的确实是我真实的想法，"但是男人是一种有责任的动物，尤其随着年岁增长，有些东西可能变得不那么重要，而另一些世俗的东西可能变得至关重要。所以你要理解，感情不可能像言情小说里写的那样纯洁简单，它复杂到难以解释。"

"你这么说，我反倒听不懂了。"

"总之，你不要去试图分析清楚原因，也不要想着去扭转结果。故事情节只会往最合适的方向发展，一切结果都是可以解释通的。不要去怪谁，改变计划的是你自己。"

我心中想，其实从来就没有什么计划，就连地壳都在时刻变化之中，又哪儿有什么东西会一直稳定地按计划行事？我们害怕改变，是因为对未知的恐惧，害怕自己不能控制未知。我们控制欲太强，安全感就会更缺乏，如果不试图控制任何东西，又何必需要那些无谓的安全感呢？

"他说他不能离开她，因为他要她的钱，有钱才能帮助他成功。他说和谁结婚都是搭伙过日子，就算和我一起，说不定今后还会有其他人插足进来。男人都是这样，很快就对一个女人腻烦了，和谁过一辈子都是凑合，是这样吗？"

"这样说并没有错，当然我不相信他说的都是对的，他这么说，可能是为了让你更容易放下。如果他还强调自己爱你，你们只会纠缠不休。大家都在变得成熟，你也应该学着长大了。"我试图帮她厘清头绪，"你也和他在一起几年了，他那么说你相信吗？你觉得他是不是一个唯利是图又很轻薄的人？"

"我不信。"

"那我想，你已经有答案了。"

天色将晚，远处的天空中同时出现了两条彩虹，东边一条，东偏北一条，这场景真是令人叹为观止，我们敞开车窗呼吸着清凉的海风，Mavis 也激动了起来，一路欢快地唱着歌。我们路过了火山国家公园，公园里的活火山正冒着浓烟。今天要进公园估计来不及了，最好的办法就是在附近找地方住下，第二天再去看火山公园。我们继续往东，这里离大岛东岸的大城市希洛已经不远了，我们应该在那儿找地方住下。

# 十

晚上我们吃了一顿特别辣的泰餐，当地人告诉我们，这里必看的景点是去海边看熔岩入海，极其壮观。Mavis 研究了一番，她说确实值得一去，不过一般大家都是徒步过去，要走半天，岩浆公园要求每人至少背三瓶水。过了一会儿，她又说，找到了另一条路，可以开车到足够近的地方，然后骑自行车到岩浆入海口，那附近租自行车的很多。

我们擦了嘴上了路，半小时后我们穿过东南部的城市帕霍阿，在柏油路的尽头停下了车，这是个小村镇，路边租自行车的店铺比这个村镇的房屋还多。

此时已是夜里九点，我们赶了半天的路，虽然都有点疲倦，但是仍干劲十足。我和 Mavis 似乎有一些共性，那就是说一不二，不做不休。但凡什么事情让我们有了兴趣，我们就马上着手去做，这从我们来大岛第一天晚上就冲上天文台的事中能看出苗头。这么说来，田佳佳似乎一直到离开大岛，都还不知道我和 Mavis 曾单独跑出去过，她还叮嘱我，要好好照顾她的老师，可以打主意，但是不能欺负她。

而现在 Mavis 对我来说已经是公平对等的存在，我们会一同商量方案，并且几乎没有分歧。虽然我有时候主动让自己顺着她，我也感觉到她经常会迁就我，至少表面上看来，目前我们相处得非常和谐。

她帮我挑好了自行车，我们付了钱，每人二十五美元，店家给我们每人送了一瓶水和一块巧克力，我们戴好头灯就上了路。如果导航说的没错，这段路开车是十一分钟，但是村里设置了路障不让汽车通行，骑车的话，三十分钟应该够了吧。

事实艰难无比，那段路也是没有被好好铺就的碎石路，如果过天文台山顶的碎石路是我开过的最艰险的路，那么眼下这段路就是我骑过的最困难的路。这路倒是一点不危险，因为左右都是平地，除了头灯照射的光，伸手不见五指。我不知道左右都是什么，但是至少我明白我们在平地上，只是这地上的石子比石块小，比沙砾大，正好是最难骑行的地貌。我被自行车震得蛋几乎都碎了，半小时的路程走走停停，居然骑了五十分钟。Mavis 似乎比我更坚毅，她一路没停，闷声向前骑着。我们的车况都不太好，据她说这里出租的车都很差，她挑出来的也许已经是比较好的两辆了。她骑得比我慢，但是她保持匀速一直没停，而我经常猛踩几步到她前方，然后停下喝水等她赶上，再齐头并进。

在我用尽最后一点力气之前，我们到了路的尽头。依稀看到路牌指示：自行车停这儿，往左翻越岩石堆去观景点。于是我们又连滚带爬翻过了几十米的岩浆碎石块，听到了海浪拍岸的声音，渐渐地看到了远处火红的熔岩不休不眠地掉落入海，黑色的浓烟随着每片掉落的红光消失而升腾到空中，几百米远处，海岸和水面烧红成一片。

只有海浪声和岩浆滚落的闷响，我们坐在不知几千年前形成的岩石上，吃着巧克力补充体力。看着无尽星空下的壮丽景象，她突然靠在了我的肩膀上。我知道，她也累了。

"我很好奇你肩膀上的文身，是冰岛的图案吧？"我问她。

"对，在冰岛纹的。"她没觉得有什么问题，坦然回答，"就在几个月前，极昼的时候。"

"雷克雅未克？"

"对。"

"文身师叫哈尔？"我笑着问。雷克雅未克就两家文身店，这个答案正确率达50%，况且另一家店地址不太好找。

"你怎么知道？"她有些诧异，"人家叫哈尔杜勒斯格里姆松。"

"什么斯什么松？那么长的名字，我怎么记得住，就记前两个音了。"我果然没有猜错，"我和他算是有缘，经常去他店里。你为什么想文这个？"

"也不是我想文这个，我去了店里，让他给个建议文个比较特别的，有代表性的。他说头一天有个中国女孩文了这个图腾，然后她男朋友就回心转意了，于是我也文了这个。"

这个哈尔，我想，他口中的那个中国女孩，应该就是指的陈念吧，那个"男朋友"，岂不就是我了？

我想这段往事应该是这样的：那时候Mavis刚失恋，独自一人去了冰岛。天知道她为什么要去那里，反正她就是去了。陈念在哈尔的店里在手腕文了这个图腾，然后 Mavis 找来了，哈尔图省事，给她也推荐了这个图案。

"我都不想说什么，这个哈尔，什么斯什么松的，一肚子坏水。他们冰岛人都这样，看着淳朴，其实吧……算了。"我也算是在冰岛待得够久的，多少能有点发言权。

"哪儿像你说的，他挺有意思的。你知道他最近在练足球吗？他说他要去踢世界杯。"

"就他？没救了。这冰岛真是凑不出球队了。"

"真的，他们球员都是业余的，除了他比较游手好闲，其他人都是有正当职业的上班族，凑在一块儿训练都不容易。"


## 十一


那天晚上，我和 Mavis 睡在了一张床上，睡下的时候我们背对背，醒来时她在我怀里。我们只是和衣抱着，我闻到她脖颈散发出的味道那么熟悉，我说不上来是什么味道，但就是特别亲切。

恢复了战斗力的我们奔赴火山国家公园，火山口正冒着浓烟，不知道什么时候会再度喷发。我们在上一次火山喷发流出的岩浆层上暴走了一通，看了看森林里隐藏的溶洞，返回了希洛市区。原本我们打算在这个城市里探索一番，不出十分钟，我们就发现这个地方并没有任何可以探索的东西。同样是有机场的城市，东岸的希洛和西岸的科纳差距甚远，这里更显陈旧。我们买了水果回到房间，放下钥匙，二话不说便为对方除去衣服。

再度天亮时，我们告别了希洛，往北继续环岛，来到大岛北岸，

188

这里的风景和其他几面完全不同——大片的草甸和牧场，健壮的牛群悠闲地散步来去。路上一阵暴晒一阵雨，反复交替着一直到我们离开海边。我们穿越农庄，来到了怀梅阿，这是个小镇，很多国际天文机构的办公室设在此处。参观了凯克天文台的研究室之后，我们在商业街上吃了香喷喷的牛仔骨拉面，吃完才留意到店铺的标志是土星环。Mavis今天要回学校去，而我打算继续在大岛住上一阵，美国入境一次可以停留半年，我也没有什么要紧事需要去办。

"要不，我们再去一次天文台吧！"Mavis把我碗里剩下的汤都抢过去喝了，边擦嘴边提出她伟大的构想。

"走着！"我回应道，"反正没有别的目的地了，再去看个日落。"

一个小时之后，我们又来到了那个半山腰的补给站，还是那位大叔拦下了我们的车。

他正要说话，被我抢了先："嘿，我不是第一次来，我们看过安全培训了，我们是四驱，有半箱油……"

他打断我说："是的，我想我记得你，那天你还带着别人的妻子。那么，今天你带的是你的女孩吗？"

"我想是的。"我得意地笑了笑，Mavis伸手在我右肩捶了一下。大叔微笑着眨了眨眼表示他都懂，挥手放我们上山了。

转了个弯，我停下来换Mavis开车，有了前两次的经验之后，她驾驶起来异常生猛。我一度想叫她控制速度，但是看她一副兴致勃勃的模样，我又觉得再疯狂一把也没什么不好。

夕阳在凯克天文台左侧一点点滑落，依依不舍，这大风有点人，云走得很快。我和Mavis凭经验找了个观景的好位置，直接把车头对着夕阳，停在了山脊上。我们坐在车里，隔着玻璃端详着外面的天地。

游客很少，在车窗玻璃的阻隔下，仿若又回到了那个暴雨倾盆的晚上，我们生猛地冲顶，而不同的是，我和她，已经和那晚的关系不太一样了。

# 十二

她晚上九点的飞机回火奴鲁鲁，第二天她还有不能缺席的课，我也没想到有什么理由能留下她。我们下山之后直奔机场，比下雨那天快很多，两个小时也就到了。时间尚早，我们在停车场找了个僻静位置偷摸停好，两人心照不宣地爬进了后座锁好车门。无奈狭小的车里容不下太多激情，我们尝试了几下最终以笑场结束。我感觉到她有无限渴望，但是她不愿多表达，我虽有无尽留恋，也不想在此刻狼狈地强求。就这样吧。在热带风情的候机室外，我们拥抱告别，她吻过我的嘴，转身信步入闸，没再回头。

我在科纳停留了一周，游泳，看书，跑步，享受着平淡而又无聊的生活。自从离开冰岛之后，我还没有哪段时间像现在这么自在快活过。这里有时下雨，但是再也没下过整晚，雨后经常能看到天空中同时有两道彩虹，实属不可多得的奇迹。我想再次上天文台，但是没了动力。如果没有人陪，我还是不太愿意再去冒险，况且，一个人独享那样的景致，未免有些消极。

我一直以来都想做一件事情，那就是把我和陈念的故事好好写下来。但我写了几次开头，每次写了四五百字就不知道该怎么继续下去，最后忍痛删了。她已经有了她的新生活，我没有什么好再留恋的，就算有过偶遇有过机会，已经翻篇的也没有必要再纠缠了。我也想过写写被我遗失在日本的 M，这就更不知道该怎么写了，我甚至没办法下笔。那段生活对我们两人而言都太混乱，它不算什么光彩的事情，如果能从记忆中干干净净地抹去又何尝不是一件好事。生活总是往前发展的，谁也不知道明天会碰到什么人，每个人都马不停蹄地变换角色变换心态，就像 Mavis 那样，不纠结，不回头，不管对的错的。我想她十分清楚，是错的，就错一次算了，是对的，那就还会再相遇。我们都以为某段感情真的刻骨铭心永世难忘，如果能重来会怎么怎么样，如果能再选择一次又会怎么怎么样。殊不知很多时候这种幼稚的想法其实只是当中某一个人的执念，说不定另外一个人早已经走上了新的道路，那些并不重要的过往都已碾碎成了粉末，飘散在时间之中。

我在火山国家公园附近找了个便宜的住处，一百美元一天，管早餐，还能使用房东家的泳池。我可能在这里住上一个月，或者两个月，甚至更久。书架上有不少翻得很旧的硬装书，我随手摸了一本《爱的艺术》出来，每天坐在泳池边看几页。这里离岩浆入海口很近，晚上没事就可以去海边发呆，看火红的岩浆滚落水中。这里离天文台也不算特别远，虽然短时间内可能没必要再上山去，但是真想去的话一个小时也就到了。我差点忘了，我还是要学冲浪的，这项运动美妙、痛快又不算危险，我是一定要学会的。

# Lost in Iceland

# 6

一路
往南

这个世界就是一个圈，
一直往东就会回到西边，
一路往南最终也会绕到北边，
终点都是起点，循环往复。

" 我想，
但是
我不知
从何
说起。"

2017 年的最后一天，我们在新西兰南岛的一个小镇上度过，这个地方叫瓦纳卡，我很喜欢这名字，音节简单，很容易记住。为迎接新年，房东老太太为我们做了一顿丰盛的晚餐。她年轻时是新西兰的著名厨师，退休了也不闲着，总愿意给住客们露一手。饭后我们在院子里坐着，仰望浩瀚的星空，就这样沉默着迎接 2018 年。

我的左边是林一楠，林一楠是我上上家单位的同事，八年前他因为换工作搬家去了上海。我们感情非常不错，即使这么多年不在一起，还是很乐意一同出游。林一楠的左边是他的妻子小媛——这是他第三次结婚了，他的婚史我都清楚。我的右边是陈念，这个整晚没怎么说话的姑娘，戴着那顶小帽子，呆呆地望着天空，表情凝重。

我们离开北京时是冬天，新西兰这里是盛夏，不过在室外坐到半夜还是有点冷。陈念进屋待了一会儿，拿了外套出来在我身旁坐下，没说什么，还是望着天空。

"是不是冷了？要不回房去吧，别感冒了。"我关切地问她，我这样很殷勤。

她摇摇头，嘴角挤出了一丝笑。她没看我，我知道她一定还在为白天的事情耿耿于怀。

"誉东，你带她回房去吧，我们明天接着聊，我看她也很累了。"林一楠说着，起身拉上小媛也打算回房，"我老婆也该睡觉了。"

"没事，你们都休息去吧，我打算再坐一会儿。"我说，"我很久没这样看过星空了，新年快乐。"

# 一

这段故事发生在我们从冰岛回来之后的半年。我还是不太愿意到处旅行,不过既然林一楠开口,我也就没有拒绝。他邀我们一同来新西兰过新年,顺便叙叙旧。我和陈念从北京出发,他们从上海出发。我们经由广州转机到新西兰北岛的奥克兰,在奥克兰停留了一天之后又飞到了南岛的基督城。此时林一楠已经租好车在基督城等着我们,2017 年的最后三天和 2018 年的第一个礼拜,我们从北岛到南岛、奥克兰、基督城、达尼丁、瓦纳卡、皇后镇……一路往南。

我把陈念从冰岛带了回来,她和迟北川的事情就算彻底结束了,我们安心地开始下一段生活。我们登记结婚了,她说不想办婚礼,不想再有什么仪式和繁文缛节。当然,这些事她都交给我决定,毕竟我是第一次结婚。我没有反对,我也不喜欢热闹,又辛苦又浮夸,只是做戏给亲戚朋友看,没必要。我们商量着贷款买个更大的房子,我想尽快有个孩子,趁着她三十五岁之前。这次新西兰之旅,就当作我们的蜜月之行——出来玩总得找个由头,那就当是蜜月。

当然还可以有另外的由头,我的工作遇到了问题,很大的问题,我不知道从何说起。总之在媒体做久了之后,你会了解到很多弄虚作假的内容。你不能不做,做了有悖良心,但是不做就面临边缘化,最后总会慢慢丢了工作。这份工作我做了快十年了,我越来越没有成就感,它能给我稳定的收入,年底也有不少奖金。但是我一个快四十岁的人,没能对社会做出任何贡献,反倒时刻在给社会进步拖后腿。我感到无力,没有什么是我可以改变的。一旦我丢了现在的岗位,那么我们计划的更大的房子也就无从谈起了。

还是说说新西兰吧，我一直把新西兰想象成一个大农村，之前来过的朋友都是这么向我介绍的。我们在北岛的奥克兰入境，那里好像并没有想象中那么土，后来到了灾后重建的基督城，也算别有一番风情，也不那么土。我还在基督城吃到了这辈子吃过的最好吃的烤猪蹄，开上车离开基督城之后，陈念还唠叨着应该打包带上几个猪蹄。

不论是在《霍比特人》的拍摄地霍比屯，还是在基督城的彩色集装箱市场，陈念都玩得很尽兴。在蒂阿瑙湖探访萤火虫洞时，她更是开心得像个孩子。即使在万般无趣的东部城市达尼丁，她也一直情绪高涨，我一度以为我们的美好生活就此揭幕，我们已经磨合得足够像一对夫妻了。

2017 年的最后一天，我们还是大吵了一架，最终在冷战中结束了这一年。

那天我们早早地就出了门，林一楠帮忙订了开飞机的体验课，我们要赶在九点之前赶到停机坪。我们开着丰田的新款汉兰达沿着一条湖边的路奔赴目的地。沿途风光不错，作为司机的我不能过于分心欣赏风景。车的方向盘在右边，和中国的行驶方向相反，我需要很专心地驾驶，才不会把车开到对面车道去。嗓门超大的小媛在后座时不时惊呼"看这个！""看那儿，看那儿！""真美！"，我心痒痒，但是必须握紧方向盘认真看着前方。

"要不我替你开？你休息休息看看风景。"陈念说。

"不用，你还是专心帮我导航吧，那导航软件我可用得不熟。"我婉言谢绝，我不想她太辛苦。我开车的时候，她负责捧着手机帮我看地图。头一天是小媛开车，我们两家约定每天换班。

"那回来时我开，回来就不赶时间了。"她说，"你如果累了，我们就靠边休息休息，晚到一点不会有事的。"

"既然预约了九点，我们就按时到吧，别到时候人家说咱们中国人就是不守规矩。"

不早不晚，我们站在飞行体验馆前台时刚好九点整，一架教练机除了教练之外最多上两个人，林一楠两口子先上了飞机，我们排队等着。教练给我们讲注意事项，我英文不好，陈念听过之后再翻译一遍给我听。这么说来其实是她在教我如何操纵飞机，我说要不待会儿你坐前排来驾驶吧，她说不，来这儿就是为了让我开开飞机玩，她坐在后头给我鼓劲。

教练朝我竖起大拇指，我也回敬大拇指，表示我都听明白了。我跟着他像模像样地检查了机翼和机油高度，然后就爬进了机舱戴上了大耳机。我把陈念刚才告诉我的那些都认真记了下来，教练调好速度角度，指导我左右转舵，然后是加速，再然后提拉，我们的小飞机就这么腾空而起了。那一瞬间我感到了无可比拟的骄傲，我驾驶着一架红色的双翼小飞机投入了天空，并且还稳定地飞行着。尽管大部分的操作是教练直接命令我完成的，我并不明白为什么要那么做，不知道那些数字为什么要调到那个位置，不知道为什么到了某个值的时候就该拉起操纵杆，我其实都不知道该怎么飞，但就是飞起来了。

陈念在后座不停给我拍照，我突然心生感动，多希望这是一架只有两个人的飞机，坐在我旁边的是她而不是一直在叽里呱啦的教练。

我们在瓦纳卡湖上方飞了两圈，时间差不多了就回到营地降落，虽然有强大的兴奋劲支撑着，从机舱出来时我的双腿还是明显在发抖。教练给我发了一张他签名的飞行证书，我们和教练站在飞机前合了个影，这趟飞行体验也就算是圆满了。

这时候我才看手机，林一楠给我发了信息，说他们去旁边的博物馆看看，让我们降落之后去博物馆找他们，或者就在停车场等他们回来。手机里还有一堆信息和邮件，我看了个大概，其实只看简短的邮件标题就知道，在这一年的最后一天，我被通知进了裁员名单。

陈念突然拍了拍我的肩膀，她很兴奋地说："教练夸你干得不错，比刚才那一对开得好多了。"

我勉强挤出了一丝笑，教练指的是林一楠和小嫒。我回想我刚才的操作应该是比较完美的，这全都是因为陈念把要领反复给我讲解清楚了，并且我在空中一直小心翼翼地完成每一个动作不敢怠慢。不知道是因为刚才太过于集中精力，还是因为看到那些邮件，这一刻我非常疲惫。我告诉陈念，林一楠他们去博物馆了，我们得在这里等会儿他们。

"要不……"陈念接着说，"既然还得等他们，要不我们去跳伞吧！"

她指了指天空，两只降落伞正在不远处的头顶徐徐落下。跳伞的营地就在飞行馆旁边，飞机起降用同一条跑道。我下意识地摇头拒绝，在北京时她就问过我，到新西兰要不要跳伞，我说开飞机和跳伞选一项就好，怕时间不够。

眼下时间充裕，她马上去跳伞的接待处问了问，也不需要预约，马上就能上天。

"还是别去了，还没做好心理准备。"我说。

"不需要心理准备，哪儿需要什么准备。想到就去做，越想越害怕。"

"我不是害怕。"我矢口否认，我想告诉她我被裁员了，但是并没有开口，出来玩得好好的，还是不给她增加心理负担了。

"那是不是觉得贵？也就来这么一次，下次不知道什么时候才有机会跳伞，一千五一个人不算贵了。"她极力怂恿我。

"真不是钱的问题。"我说，"我们回去计划一下吧，改天有时间再过来就是。"

她板起了脸，不说话了。我知道她这样子就是生气了，只是她不想和我吵，不愿意正面冲突。我也不知道自己是怎么了，老实说可能和刚收到的消息无关，其实我可能就是害怕，我不怕和人打架，但是我对于这样未知的高空运动，还是非常畏惧的。我会思前想后，患得患失，虽然我原本就没什么能失去的，但是无论如何克服不了。再说，万一我在空中尿裤子呢？

我们不再说话，即使我提议去博物馆转转，她也不吭声。我们就坐在停车场边的长椅上，直到林一楠他们回来。我想我是扫了她的兴，但是我真的没有情绪去跳伞，就当我不敢吧。

我就这么坐着看着星空，已经过了半夜十二点，也就意味着现在进入了 2018 年，斗转星移，我越看越清醒。陈念进屋洗澡去了，我还在藤椅上坐着，捧着已经空了的水杯。

房东夫妇早已休息，除了我们住的那个房间之外，各处的灯光也都逐渐熄灭了。在这个山脚下的荒凉小镇，此刻愈发宁静。一阵玻璃门推拉的声音响起，林一楠穿着睡衣走了出来。我听到他身后小媛在嚷嚷，大意是让他多穿点。

"怎么，睡不着？"我问他。

他在我旁边坐下，将手中杯子里的水分了一半给我。"她在和家里孩子视频，视频完了又和她妈聊上了，我出来坐会儿，陪你。"

自从他搬家去了上海，我们已经有很多年没像这样秉烛夜谈了。

"你们吵架了？太明显了。房东奶奶都看出来了。"他说，"她刚问我呢。"

"嗯，是我的问题。我不知道是我和她相差太远了，还是我自己毛病太多了。她想去跳伞，我没同意，让她一个人去，她又不去。于是就不说话了。"

"我今天也提议了去跳伞，我老婆不敢去。"他笑笑说，"别看她教训起我来厉害得很，其实她胆子很小的。"

"那当然不一样，女人不敢去正常，我一个一米八的男人，不敢去跳伞是不是太丢脸了？"

"没什么丢脸的，你别太看重了。睡一觉缓缓，明天起来哄哄她。"林一楠说话特别轻，我已经记不得他是不是一直都是这样的。

"我实在不想哄，大家都一把年纪了。"我说，"早已经不是年轻人谈恋爱的那种感觉了，在一起也就是搭伙过日子。有些事情也不想浪费时间去沟通，与其沟通，还不如自己消化算了。你说，这是不是中年危机啊？"

"你提到了中年危机，我说说我的感想吧。我觉得从来就没有中年危机这种事情，中年危机这个词只是我们这些人喜欢用的一个借口。人到了这个年纪，该有的都有了，没有的也有不了了，老婆和家庭也都稳定，大多在养着孩子，像我这样。工作呢，估计再往上也难有更大的发展，但是又足够稳定，想干什么都束手束脚。女人和自己想法不同，但是又没有什么大问题能够导致分开，关键是女人还越长越老越难看。赚多少钱，最终都得扔到养孩子这个坑里：学区房，好学校，课外辅导，现在幼儿园和小学都要面试了。这一辈子过到这里似乎全都卡住了，活着和死了好像没什么区别，可又突然觉得似乎还没玩够，还没年轻够，那能干些什么呢？老婆也不年轻了，有条件的能玩出轨，寻找刺激，没条件的只能盼望着工作稳定，不要有什么突变。万一突然丢了工作，被裁了员，根本都不知道怎么和家里交代。"

我就像是胸口被打了一拳。"被你说中了，我刚被通知裁员了。唉，你说我该怎么办？"

"怎么办？多好的事情啊，有人在帮你做出选择！"林一楠兴奋了起来，他似乎一点都不同情我，"为什么要想怎么办？人生就是这样没道理地发展着的，顺着老天的意思来就对了。"

"你说得轻松，我可没有你那么多钱，我原本家庭和工作都稳定，这一来我真的手足无措了。"

"你这样想不对，你得让生活随时保持在变化中。一成不变的生活最为无聊，想想如果你现在就能想象到三年之后五年之后甚至十年之后自己是什么样子，那还有意思吗？如果能想象到自己一辈子就是这样庸俗地活到老，还不如现在就去死了。我是第三次结婚了，现在我有了孩子，生活可以往下一个阶段推进了。我前两次婚姻没有生孩子，还好没有，如果当时早生了孩子，那就算那段婚姻再混蛋，可能我也不会愿意去推翻它。可能面对孩子的时候，我就没有那么大勇气去追寻自我了。我说实话，我特别特别感谢我以前的妻子，我们算是互相给了对方机会，也给了对方经验，我希望她们真的都过得好，过得比和我在一起更好，真的。"

我默默地看着天空，没什么能接着说的。婚姻这事情我没有经验，我倒是希望有。

"别担心工作了，真的。"他继续说，"工作应该是人生中最不用去操心的事情。多想想生活，生活，怎么说呢，都是向前看的，不管遇到什么，我们都只能死磕。没有解决不了的事情，自己不能给自己的生活打了死结。只要还活着，就没有什么解决不了的，真的。我第一次离婚后自杀，差点没活过来，但是现在你再看，多傻。那次之后，无牵无挂的，我就选择创业了，所有时间都花在工作上，所以如果有人觉得工作很重要，那么他一定是没有什么更重要的东西了。如果啊，再回到那时候，我可能还是会自杀。那种情绪是需要宣泄的，但是我运气好，我活了下来。我现在明白，生死之外无大事，只要活着，就有一切，就能扭转一切。人这条命没什么了不起的，活得自在一些就够了，别给自己设限，也别给自己打结，向前看，跟丫死磕。"

就在这时，陈念推开了玻璃门，叫我回房睡觉，别聊太晚了。

"好吧，原本我有件事想和你说的，明天吧。"林一楠站起了身，咳嗽了几声，又拍了拍我，"今天先休息了，这些都是小事，工作而已，别想了。这夜晚多美啊，新年快乐。"

## 二

2018 年的第一个凌晨，我翻来覆去怎么都睡不着，这和时差没有关系，新西兰比北京快四个小时，理论上我应该更早就困了。我一直在回想刚才林一楠说的那些话，对照我自己的情况来看，我到底爱不爱陈念？或者说，我是不是真的对陈念有那种很深的感情？还是说我们只是到了年纪互相搭伙过日子而已？夫妻生活究竟需要多少爱情？到底有谁能够一生一世永远爱下去不腻烦呢？我相信所有丈夫的热情都不过是一年两年，日子久了之后，这种感情都将成为习惯，伴随着接下来的日子，所以说爱就是持久忍耐嘛。陈念心里一直有那个已经离开了的迟北川。如果他们没有分开，他们的日子也一定是平淡乏味，每天充满了争执和吵闹。但问题是，他们分开了，分开了的就往往会在暗地里怀念，都在想着如果当时没有这样没有那样，那结果又会是怎样。

我很了解人性是脆弱的，并且容易被蒙蔽，人往往会在亲密无间时去挑剔对方的缺点，这个时候所有的优点几乎都被忽略，就好像那些活该是自然而然的。但是一旦相忘于江湖，就会无尽地细数对方的优点，这时候居然又把曾经的那些缺点忘得一干二净了，似乎任何不足都可以被包容，并且应该被包容。如果婚姻就是这个样子，那我们为什么一定要完成这件事情？作为朋友尚可推心置腹，为什么一定要许下誓言然后互相折磨至死呢？

我好像并没有多想裁员的事情。

1月1日，我们并没有特定的活动安排。我醒来时，早餐的香味已经飘进了卧室。房东老太太准备好了丰盛的早餐，家里四处洋溢着新年的味道。尽管没有任何有关新年的装饰，这里已经莫名地有了一股迎新的气氛。

一夜睡眠之后，陈念的状态似乎恢复了。她就是这样的人，翻篇很快，再难熬的事情睡过一晚之后也就通通消化了。这么说来，我隐约记得，清晨天亮时，她是拥在我怀里的。那种感觉不一定真实，但是让人很平静，在这平静的南半球乡下，我们就需要这样真正平静的生活。

席间陈念提议，今天我们应该给房东两口子做一顿中餐，让本地的厨师也尝尝正宗的亚洲美食。林一楠夫妇满口赞同，并表示下午可以一起上街去买原料，反正这天也没有什么安排，不然就只能在房东的庄园里数羊了。

就这样我们比计划中提早一天来到了皇后镇。原计划我们应该是1

月2日从瓦纳卡离开之后再转战皇后镇住下，但是在瓦纳卡镇上转了一圈之后发现，根本没有能够买到亚洲食材的地方。倒是陈念搜索到在皇后镇的商业街上有一家中国食品店，看评论还挺神，从最基本的老干妈到米粉、面条和腐乳一应俱全。我早已被瓦纳卡的乡村景致闷坏了，迫不及待地想去旁边那个旅游胜地看看。

去皇后镇的车程不到一个小时，出了瓦纳卡之后全是山路，沿路两旁都是花，紫色的，蓝色的，叫不出名字，但甚是好看。快到皇后镇时有一段路需要翻山越岭，比较惊险，连续七八个回旋弯从山顶快速往下，像极了《头文字D》里的发卡弯。这段山路风景太美，极目远眺，几乎能把远处的皇后镇尽收眼底，有湖有山有岛，还有密密麻麻的新建筑。开进了皇后镇后，我们发现这儿和瓦纳卡的悠闲随意完全不同，皇后镇几乎全是车全是人，挨着辽阔的湖边，一面是大山，一面是如海一般的湖面，几条简单的道路，路两旁全是各式酒店、餐厅和现代化公寓。

车就停在商店街的两小时车位上，两个女人此刻全心全意逛街买菜，林一楠和我得以偷闲，打算到处走走。自早上开始林一楠就一直在咳嗽，我问他要不要找个地方稍事休息一下，他说湖边好像有个公园，我们去那儿看看。

公园很大，被繁茂的松树林包裹着，那些松树只怕已经有千百年寿命，它们一个劲地向天空伸展，使得整个公园笼罩在树荫之下。松针是稀疏的，树皮灰白，一层层爆开剥离，湖边碎石路上除了掉落的树皮、松针之外，最引人注目的就是大大小小的松果。我俩像小孩一样弯腰捡了一路松果，遇到更大的，就把之前捡到的稍大的扔掉，直到手上仅剩下一个最大的。风干的松果大过一只手掌，这就是我们今天的最大收获，天赐的礼物，还是免费的。

"这玩意儿，应该带不回国吧？"我问林一楠。

"应该不行，算是植物种子吧？一般来说种子不能过海关，会破坏生态平衡。"他指了指公园中央的草坪，那儿大部分能晒着太阳，有几个年轻人躺着在看书，也算是在日光浴。北京的冬天，新西兰的夏天，日光浴应该算是很热了，"我有些累了。"

我们在草地上坐下，他显得那么虚弱，不停地咳嗽。这时候我才仔细看他的面容，八年前我们在同一个环境下工作，每天都能见着，那时候的他还很年轻，可如今眼角和额头的皱纹已经比我深了不少，发际线也几乎退到了头顶，头发的颜色也有些发灰，黑眼圈似乎再也消除不掉。他已经老了，可他比我还小两岁。

"怎么，这么看着我干啥？怪不好意思的。"他勉强笑了笑。

"昨晚你说有什么事情要和我说来着？"我问他，我还一直好奇着。

"是这样，从哪儿说起呢。"他停顿了一下，接着说，"我想把工作辞了，不干了，出来旅行一年，也有可能两年吧，无所谓了。"

"你一年得有两百万吧，副总裁？"

"不止。"他诡异地笑笑，他机灵起来就像个孩子那样可爱，我看过他儿子的照片，和他长得一样，"那不重要了，钱到了一定份儿上，其实都觉得差不多了，生活不会有太大的变化。我还有一千多万的期权没兑现出来呢，还在涨。"

我是个穷人，我和陈念仍在为买房苦恼，我们不是买不起房，在林一楠面前我们只能算是穷人。我们没想清楚该头在通州还是望京，买在通州就可以买大一点，买在望京就更加方便一点。虽然这两个地方严格算起来都不在北京城区内，但是去望京不是必须经过高速公路。

"不工作了，也够，一两千万，豪宅，豪车，是不用那么劳累了。那是可以计划一下好好放松一下，我看你应该是这些年工作太操劳了，老得比我快多了。"

"唉，没办法啊，互联网行业就是抢时间。那么多竞争者，你稍微一懈怠，就关门大吉。"他在草坪上躺了下来，我往身后看了看，草地算是非常干净，于是也枕着手臂躺了下来。

"我想去一趟南极，但是国内过去太远了。"他接着说，"所以我想先到加拿大，滑雪，然后去美国一圈，对了，还得去一趟阿拉斯加，然后去墨西哥，看看玛雅金字塔。我还从没去过南美呢，巴西、阿根廷、智利，一路往南。"

他讲得兴起，我不禁问道："你老婆呢，她怎么想？还有孩子呢，才一岁多吧？你们带着他？"

"她很支持啊，孩子就不带了，外公外婆爷爷奶奶都抢着带呢。我已经很久很久没享受自己的生活了，后代已经给他们繁殖了，我要好好为自己活几天。"

"时间还长呢，想那么多干吗？"昨晚他劝我，今天换我劝他了。

沉默了许久，他坐起身来，看着我。在我的视野里，他脑袋的轮廓在蓝天的映衬下居然有些伟岸。

"不长了。前阵子我胸口不舒服，去彻底检查了一次，肺里有点东西。"他说得很轻松，仿佛只是吃坏了肚子，根本就没多大的事情似的。

"肺里有东西？什么意思？"我赶忙坐了起来，"我看你总咳嗽，有什么东西？"

"咳嗽可能和那没关系吧，总之，你就当成肺癌好了。"

这几句话对我来说就是晴天霹雳，他刚三十五岁，他有三百平方米的豪宅，两百万的装修，在家有用人使唤，在公司有一百多人要管理，在境外有价值一千多万的股票，更重要的是，他刚有了个孩子。

昨晚他想说的应该就是这个了。我不知道该说什么，安慰的话都是废话，哥们儿之间不存在这些虚的。但是我没什么可以帮他的，我只感觉到眼泪正在酝酿，马上就要滴落下来。

"家人知道？"

"老婆知道，其他人我就没说了。我老婆一开始反对出来旅行这事情，知道我病了之后，她就没再反对了，她已经开始为旅行做准备了。从新西兰回去，我就把公司的事情处理好，然后就往北美出发了。"

"难道不应该找地方看看，好好治一下吗？"

"天真，治了又能怎么样？化疗太痛苦了，我可不想自己辛辛苦苦赚来的钱最终都拱手送给医院，况且如果医院能让我舒服也就算了，可惜并不能啊，只有我自己能让自己舒服。当然，我在美国的时候会找医院瞧瞧的。但是无论如何，我不想最后的时间被困在医院里，多无聊。我已经在办公室里被困了那么多年，就让我出去转转吧。"

回城里的路上他没让我搀扶，他说还不至于。满载而归的两个女人在车上等着我们，她们聊得很开心，似乎并不介意再多等我们一会儿。我控制不住刻意地去看了看小媛的表情，并没有感觉到家中的变故写在脸上。我曾经听说她对林一楠总是又打又骂，即使在外人面前也不给他留面子。这次见到她，并没有感受到那股凶悍的力量。她很温柔，她给林一楠买了橙汁，帮他打开盖子送到手边。

# 三

　　回瓦纳卡的时候由陈念开车，来的时候经过那处凶险崎岖山路时，她就嚷着回去一定要让她来开车。我在副驾看着她，方向盘在右边，我很担心她开不习惯。她的脸上似乎多了一些娇艳，假发盖在耳根上一点都不突兀，我敢说林一楠夫妇到现在都还不知道她戴着假发。

　　她极速向前冲，总是需要我叫她减速时她才不甘愿地踩一下刹车。她说不能回去太晚，洗菜切菜需要不少时间，还不知道房东家里的餐具适合不适合炒菜。再说，房东两口子年纪大了，需要按点吃饭。

　　尽管如此，我们攀上发卡弯的山顶后还是在路边停车休息了一会儿。太阳很晒，这里毫无遮挡，即便有五六级大风从山头刮过，我仍然感觉到皮肤将要被晒伤。林一楠在山顶边缘走了几步，看着南边的皇后镇。我走到他身边，想陪他聊几句，他见我靠近，转身回头，说："走吧，回去吧。"

　　陈念掌勺，我们三人帮厨，房东家原本整洁的厨房几乎惨不忍睹。老太太放手让我们随意折腾，白发苍苍的她坐在吧台边看得不亦乐乎，不时还从巨大的橱柜中翻出珍藏许久的中餐调料问我们需要不需要。入夜时分，大家围坐在泳池边的餐桌前，我把一道道香喷喷的菜肴端上桌来。青椒小炒肉、芹菜牛肉、酸辣土豆丝、手撕包菜……晚餐极其丰盛。

　　老太太会用筷子，不愧是厨师出身。但是她的丈夫就不那么会使这些棍子了，吃了两口，他回厨房拿了勺子、叉子出来，这才正式开始了狼吞虎咽。陈念一道道地介绍菜的成分和做法，我真不知道她居然会说这么多单词。老人不断点头，不停夸赞，竖起的大拇指就一直没放下去过，我不确定他们是真心喜欢这味道，还是仅仅出于礼貌才不住夸奖。陈念的厨艺着实不错，这点不容否认，我们几个中国人也吃得不顾礼仪，这一周以来终于吃上了第一顿中餐。老头子问过我们他是不是可以把酸辣土豆丝的盘子收拾一下后，便把剩下的米饭通通倒进盘子里，努力拌了拌，把那盘已经只剩辣椒丝和油的酸辣土豆丝消灭得干干净净——看来他一定是真心喜欢这道菜了。

收拾完厨房之后，我悲伤的情绪渐渐上来，陈念敏感地察觉到了什么，拉我进了房间。我说我只是累了，她说今天干了这么多事情，确实都很累了。林一楠吃完就睡了，我们也该洗澡休息了。听她说到这儿，我一把揽过她，紧紧地抱住，憋了一下午的眼泪，都落在了她的肩膀上。

此刻我就像个高大的孩子，任由她摆布。我们脱衣，关灯，拥抱。她羞涩地摘掉假发，不让我看她。我早已经忘了她戴假发的事实了，这件事在我们的生活中已经变成了习惯，她是光头还是满头秀发，都没有任何区别。她骑到我身上，我并没有任何反应，她俯弯下腰，慢慢向我双腿之间移动。然而这一刻我什么都不想做，我只想寻找一个温暖的怀抱而已，我拉着她趴在我身上，用力抱住了她。

"发生什么事情了吗？"她知道她必须问出这句话了。

"嗯，很糟糕的事情。"我说完又叹了一口气。

"那你想不想和我说？"

"我想，但是我不知从何说起。"

"没关系，你可以慢慢组织语言，我就躺在这儿，哪儿都不去。"她把耳朵伏在我赤裸的胸口，静静地听着我胸口的震动，"我想先说说我今天想的几件事情。首先，前阵子你说过干得不开心，想辞掉工作休息一阵，那次我不同意，我们吵了一架。现在我想通了，如果你确实不想在台里待下去了，就辞了算了，没关系。虽然我们暂时会少点收入，但是下个月还信用卡的钱我已经留出来了，买房子的事情缓一两年考虑也行。再说我们就在通州买个小房子也没关系，早点起床早点出门，早睡早起，还能活得更健康，很多人也都是这样的，好歹在北京有房子。另外跳伞的事情是我不对，我不该逼你，其实也没什么好玩的，就是图个刺激而已……"

她说到这儿，我才想起原本我们是因为跳伞的事情起了争执，我都抛到脑后了。我把她抱得更紧了，我几乎是哭着说了出来："我工作没了，我被裁员了。还有，林一楠，他得了肺癌。"

醒来的时候我的右手已经失去了知觉，她和阳光一起依偎在我的胳膊中央，她光亮的脑门就在我的眼皮底下。我尽量控制着呻吟抽出了右臂，却还是弄醒了她。

"早。"她微笑着。

"早，吵到你了，要不要再睡一会儿？"

"不了。你猜我梦到什么了？"

"你说。"

"我梦到我怀孕了。"

## 四

我们收拾了行李，告别了善良的老夫妇，并且答应我们一定会回来看他们，车开出很远，他们还在后头挥手。这时我才注意到瓦纳卡的山头光秃秃的没有什么绿色植被，一点都不像是在新西兰。

接下来我们会在皇后镇住上一个礼拜，不再去其他地点。陈念在山脚下订了一个小别墅，只能住我们俩。林一楠在机场附近订了这儿最好的五星级酒店，他们就住一晚，第二天他们就踏上归途。原本的计划就是这样，他还有工作要赶回去处理，孩子也等着妈妈回家。

我们的别墅带厨房，再加上头一天买的油盐酱醋我们还随身带着，当晚我们凑合着煮了个火锅，乱七八糟买了一堆菜下了油锅。至于重庆味的火锅底料是哪儿来的，自然也是在那家中国超市里找到的。我听到陈念对小媛说当年她在冰岛也煮过火锅，这件事情我并没有听说过，她很少和我提冰岛的事情，自从我们从冰岛回来之后，她更是不提了，就好像根本没有去过。

晚饭过后天色尚早，陈念提议我们四人合个影，我把三脚架拿了出来，四人站在一块儿自拍，拍完，陈念又让我和林一楠俩人来一张。就这样，我们并肩站着，沐浴着金色的夕阳，身后远处是险峻的山坡，冬天到来时这里是绝好的滑雪场。我紧紧搂着林一楠的肩膀，努力微笑看着陈念手中的相机，她真的很贴心。

林一楠拿起客厅墙角的木吉他掂量了一番，对我说："誉东，来一个呗，弦还是新的。"

"你会弹吉他？"陈念有些吃惊，"都没听你说过。"

"我是不会。"我连忙摇头，我从没在陈念跟前展示过什么，这些三脚猫功夫没什么值得显摆的，"我都好多年不碰了，真不算会弹。"

"他啊，谦虚。刚进单位那年，年会上还拿了奖呢，唱的什么来着？来来来，再为我唱一次，为我们唱一次。"林一楠把吉他塞到我怀里，他转头对小媛说，"那时候他迷倒了多少女同事啊！自己还跟个二傻子似的，后知后觉。"

"唱的崔健。我这都忘得差不多了……"我嘴里说着，手上却已经开始调起了弦。换作平时我一定不会配合，现在林一楠那么看着我，陈念也在旁边站着，她似乎在期待着什么。

我咳嗽两声清了清嗓子，手指拨起了弦，前奏还记得，很熟练。我唱了起来。

> 我独自走过你身旁
> 并没有话要对你讲
> 我不敢抬头看着你的，噢……脸庞
>
> 你问我要去向何方
> 我指着大海的方向
> 你的惊奇像是给我，噢……赞扬
>
> 你问我要去向何方
> 我指着大海的方向
> 你问我要去向何方
> 我指着大海的方向
> …………

我唱不出崔健那种气势，也没有什么技巧。好在这首歌原本朴素又简单，我只是轻声地哼唱着，就感受到了皮肤底下的灼热。安静的房间里只有我指甲拨动钢弦的声音，他们面带微笑看着我。我有点尴尬，干脆闭上了双眼，继续。

我就要回到老地方

我就要走在老路上

我明知我已离不开你！噢……姑娘


我就要回到老地方

我就要走在老路上

我明知我已离不开你！噢……姑娘


我扫弦结束，一阵死寂的沉默后，小媛率先鼓起了掌。有些技能虽然很久不拿出来练习，但是居然不曾忘记过。我抬头看着陈念，她微笑着，眼里散发着一种温暖的光芒，我从来没有在她眼里看到过这些，这种感情很不一样。这些歌也就我这年纪的人熟悉，她可能都没听过。

她贴到我耳边问："你还会些什么我不知道的？"

"真没了。"我还会修理电器，会通水管，会刷墙，但这应该每个男人都会，不能算是特长吧？

入夜，陈念收拾厨房，我开车送林一楠他们回酒店，第二天一早他们就退房直接去机场。我和他的行程就到此为止，我们这辈子的交情可能也就到此为止。一路上我没有吭声，林一楠也已经觉察到空气变得伤感，故意说些好笑的事情调节气氛，可惜他并没能把谁给逗笑了，反倒让我觉得更难受。我们在酒店大堂道别，第一次也是最后一次深深拥抱，他拍着我的背，我强忍着没有哭出来。

"保重，媳妇不错，你得好好对人家。"他说，他刻意把话题从自己身上转移，"我刚才和她说呢，说你丫运气真好，娶这么个好老婆，你知道她怎么回答的吗？"

我摇头。

"她说，她才是运气好，能遇到你这么个靠谱的好男人。"

我又是一阵感动，鼻头都酸了。"你老婆也不错，对你体贴入微，根本不像传说中那么凶悍。"

小媛正站在一旁，远远看着我们道别，没有来打扰我们的私人谈话。

我朝她笑了笑，回头对林一楠说："好了，你也保重吧，该玩的玩该治的治。别委屈自己，钱该花的花，留给孩子太多了会败家。"

"这不用你说，我知道。再见吧兄弟，早点休息，路上小心。"他拍拍我的背，催我早点回去。

"那再见吧，有空我去上海看你。"

"那也得我在上海。"他的笑容很温暖，于是这个微笑深深地刻在了我的记忆里。

回程的路上，我再也没忍住，痛哭流涕，我把音响声调到最大，开着车窗，在空荡的大路上招摇过市。在离住处还有一个街口的地方，我停下车，擦了把脸，关掉了音响，天上的星星一颗比一颗明亮，我在这陌生的世界、陌生的国家、陌生的街头就像失了魂一样，不知道该往哪里去才好。

电话响起，是陈念，我犹豫了一下，没接。过了一会儿她发来消息："看你停在那儿很久了，回来吧，想听你弹吉他。"

我大呼一口气，松开了手刹。我知道我还有很多事情要做。我要潇洒地甩掉干了十多年的工作，这是老天给我的绝好机会。如果主动辞职我什么都没有，但被裁员我还能拿到一笔补偿金，不干活还有至少十几万用来生活。我要自己去寻找生活的方法，我一定要赚更多钱，要让陈念过上更好的生活。我还要有个孩子，或者两个，为了孩子，我要更加努力。如果是我得了不治之症，我会把每天都当作生命的最后一天，我会更积极地面对一切。我不用再在无聊的岗位上耗费光阴，我也不会再有那么多的推辞和磨蹭，所有的纠结和计较都不再重要，重要的是余下的时间。我还有大把时间，可林一楠没有了，他在最后的关头，给我的人生道路指了个方向。

我在院子里停好车，这才看到林一楠发来的消息："你一走我就哭了，我很难受。"

我没再回复，我只希望这一天赶紧过去。吉他横在沙发上，陈念在洗澡，等她洗完澡，这一天就过完了。

# 五

2018 年 1 月 3 日，阳光明媚，在新西兰的每天都这样。上午我们开车回了瓦纳卡，专程去跳伞。当我们从三千米的高空自由坠落时，林一楠的航班也已经在云层中了。我放声大吼，释放得很尽兴，我的头发在风中拉扯，陈念明智地根本没戴假发出门——和我单独在一起时，她已经不再需要那件东西了。

下午我们回到了皇后镇，我带着她在湖边捡松果。她的手小，随便捡到几个都大过她的手掌，她乐得蹦来跳去，一心想着如何才能偷偷地把这些松果带回北京去。走得累了，我们来到那片找和林一楠待过的草地上躺着，她从小包里摸出随身带着的 Kindle 看书。她在看一本叫作《爱的艺术》的书，我好像听她说起过，至于说的是什么我就不知道了，总之挺有名的。相比之下我正在看的黄石攻略就显得太没有深度了，没看几分钟我就拿出手机刷一刷微博和朋友圈。我们打算余下的几天都这么悠闲地度过，在湖边散步，看看书，自己做饭。出来玩并不需要安排得满满当当，只要享受了这份轻松随意就很好。我们曾经想过沿着公路一直往南，开到离南极最近的角落上，看看会不会很冷，但是现在我觉得在皇后镇待着就挺好了，再往南也不见得有什么值得探索的。而林一楠会从北美一路往南，他最终会去到寒冷的极地，去到他的终点，他的目的地。

"夏威夷火山喷发了！刚看微博上说，大岛居民紧急撤离避难。"我把手机递给陈念，"你上次说，你有朋友在夏威夷？"

"啊？给我瞧瞧。"她看了一眼，说，"我以前一个同事，去年突然去夏威夷大学读书了。我看看啊……喷发的火山是在大岛，她读书是在另外一个岛，檀香山，也就是火奴鲁鲁，大岛的火山估计和她那儿没有牵连。"

我收起手机，说："没事就好。谁没事跑到那大海中间去啊，也不知道美国哪里好。"

"我们这不也是在大海中间吗？好了，别看手机了，管那么多干什么。"陈念笑笑，继续看书了。阳光穿透树影落在她脸上，时间仿佛都已经静止了，此刻只有我们两个人，没有前世也没有前任，没有亲人也没有朋友，就只有我们，以最简单的方式生活着，在一个没有人认识我们的地方。

我倒是觉得，只要她能一直这样开心地笑着，不管是冰岛还是新西兰，或者是北海道，又或者是夏威夷，这个世界就真的与她无关了，也与我们无关。这个世界就是一个圈，一直往东就会回到西边，一路往南最终也会绕到北边，终点都是起点，循环往复。圆圈是一个多么完美的图案，周而复始，生生不息，这让我突然想到了生命的轮回。生命不也是一个圈吗，和这个世界一样，生老病死几十年，有的人浑浑噩噩无所事事，有的人则忙忙碌碌盲目地付出所有，赚钱、花钱、满足欲望、填补空虚，可到最后全都殊途同归。没有能漂亮做完的事情，没有能带到下辈子的财富，也没有真正的目的地。我们都只是在欣赏路上过往的风景，我们也相识相伴成为彼此的风景。有的人陪伴我们一小段路程，有的人可以在身边很久很久，有的人我们遗忘之后又重新认识，但总有一天也要相忘于江湖，没有谁能永远赖在这世上不离开。但我们在一起体验过了生命，也体验过了彼此，我们看过了世界，也接受了对方如何看待这个世界，我们在这个世界上创造了自己独一无二的故事，我们把时间上的有限存为了记忆中的永恒。原谅我文笔粗劣，但这已经是我能描述出来的最好、最特别的一切。

The end（完）

" 没有
能漂亮
做完的事情，
没有
能带到
下辈子的财富，
也没有
真正的目的地。"

感谢迟北川，感谢周文栖，感谢许誉东，感谢林一楠，感谢陈念。
感谢 Mavis，感谢凯克天文台，让这个写了四年的故事终于完整。
感谢博集天卷的毛闽峰老师和李颖老师为这本书付出的不懈努力。
感谢最优秀的文身师 @灵魂出窍咪丽酱 为这个故事做的创意插画。

感谢麦兜。

**图书在版编目（CIP）数据**

环冰岛记 / 朱宏著 . —长沙：湖南文艺出版社，2020.4
ISBN 978-7-5404-9507-7

Ⅰ . ①环… Ⅱ . ①朱… Ⅲ . ①长篇小说—中国—当代
Ⅳ . ① I247.5

中国版本图书馆 CIP 数据核字（2020）第 007743 号

上架建议：文学·畅销小说

HUAN BINGDAO JI
**环冰岛记**

作　　者：朱　宏
出 版 人：曾赛丰
责任编辑：刘诗哲
监　　制：毛闽峰　李　娜
特约策划：李　颖　雷清清
特约编辑：王　静
营销编辑：刘　珣　焦亚楠
封面设计：尚燕平
封面插画：@FEITUFEI
版式设计：潘雪琴
内文插画：@灵魂出窍咪丽酱
出　　版：湖南文艺出版社
　　　　　（长沙市雨花区东二环一段 508 号　邮编：410014）
网　　址：www.hnwy.net
印　　刷：北京中科印刷有限公司
经　　销：新华书店
开　　本：875mm × 1230mm　1/32
字　　数：175 千字
印　　张：8
版　　次：2020 年 4 月第 1 版
印　　次：2020 年 4 月第 1 次印刷
书　　号：ISBN 978-7-5404-9507-7
定　　价：52.80 元

若有质量问题，请致电质量监督电话：010-59096394
团购电话：010-59320018